이별의 노래

조 동 일

계명대학교, 영남대학교, 한국정신문화연구원,
서울대학교 교수, 계명대학교 석좌교수 역임.
현재 서울대학교 명예교수.
대한민국 학술원 회원.

《한국소설의 이론》,《하나이면서 여럿인 동아시아문학》,
《세계문학사의 전개》등 저서 50여 종.

서정시 동서고금 모두 하나 2

이별의 노래

초판 1쇄 인쇄 2016. 11. 25.
초판 1쇄 발행 2016. 11. 30.

지은이   조 동 일
펴낸이   김 경 희
펴낸곳   내마음의 바다
         본사 ● 03044, 서울시 종로구 자하문로6길 18-7
                전화 (02) 734-1978 팩스 (02) 720-7900
         파주사무소 ● 10881, 경기도 파주시 광인사길 53
                전화 (031) 955-4226~7 팩스 (031) 955-4228
한글문패 내마음의 바다
영문문패 www.jisik.co.kr
전자우편 jsp@jisik.co.kr
등록번호 제 300-2003-114호
등록날짜 2003. 6. 18.

책값은 뒤표지에 있습니다.

ⓒ 조동일, 2016
ISBN 978-89-423-9017-5(04800)
ISBN 978-89-423-9015-1(전6권)

서정시 동서고금 모두 하나 2

이별의 노래

조 동 일

내마음의 바다

차 례

7

제1장
이별해야 하는가

정철(鄭澈), 〈길 위의 두 돌부처...〉

길 위의 두 돌부처 벗고 굶고 마주 서서
바람 비 눈 서리를 맞도록 낮을 망정,
인간이별을 모르니 그를 부뤄 하노라.

한국 조선시대 시인 정철의 시조이다. 돌부처는 이별을 모르니 부러워한다고 했다. "맞도록"은 "맞을 만큼"이라고 바꾸고, "부뤄"를 "부러워"로 풀어 쓰면 이해하기 쉽지만 글자 수가 달라지기 때문에 그대로 둔다.

인간은 계속 함께 살지 못하고 이별을 겪는 것이 다른 존재와 상이한 특징임을 적절한 표현을 갖추어 분명하게 나타냈다. "돌부처"와 "인간"이 대조를 이루게 하고, 인간이 겪는 이별의 특징을 이중으로 해명했다. (가)와 (나)로 구분해 하나씩 확인해보자.

(가) "돌부처"를 이루고 있는 돌은 무정물이고 움직이지 않으므로 사람처럼 이별을 겪지 않는다. 무정물이 아닌 유정물이고, 움직이는 것도 사람과 같은 동물은 어떤가? 동물은 집단을 이루어 함께 살다가 일정한 규칙에 따라 헤어지기도 한다. 뜻하지 않던 이별은 없고, 이별을 서러워하지 않는다. 사람은 뜻하지 않게 이별하고, 이별을 서러워한다.

(나) "돌부처"는 "돌부처처럼"으로 바꾸어놓고 다시 생각할 수 있게 하는 말이다. 다시 생각하면 "길 위의 돌부처처럼 벗고 굶고 지내는 빈한한 처지에서, 비바람·눈서리를 맞을 만큼 맞는 듯한 시련을 겪어도 이별하지 않고 계속 함께 산다면 행복하다"고 한 것을 알아차릴 수 있다. 이별은 사람이 겪는 어떤 고난이나 시련보다 더욱 심각하고 서럽다고 한다.

이 노래는 최소한의 길이로 이별이 무엇인가에 관한 최대의 고찰을 하고 있다. 이별 원론이라고 할 수 있는 사연의 요점을 갖추었다. 서두에 내놓고 이별이 무엇인가 고찰하는 출발점으로 삼을 만하다.

소무(蘇武), 〈이별의 시(別詩)〉

骨肉緣枝葉
結交亦相因
四海皆兄弟
誰爲行路人
況我連枝樹
與子同一身
昔爲鴛和鴦
今爲參與辰
昔者長相近
邈若胡與秦
惟念當乖離
恩情日以新
鹿鳴思野草
可以喩嘉賓
我有一樽酒
欲以贈遠人
願子留斟酌
敍此平生親

結髮爲夫妻
恩愛兩不疑
歡娛在今夕
燕婉及良時
征夫懷往路
起視夜何其
參辰皆已沒
去去從此辭
行役在戰場
相見未有期
握手一長歎
淚爲生別滋
努力愛春華

莫忘歡樂時
生當復來歸
死當長相思

골육의 인연은 가지와 잎,
교분 맺음이 서로 얽혔다.
사해가 모두 형제라 하니
누구를 행인이라 하리마는,
나는 가지가 이어진 나무.
그대와 한 몸을 이루고 있다.
전에는 원앙처럼 가까웠는데,
지금은 참성과 진성처럼 되었다.
전에는 오랫동안 서로 가까웠는데,
오랑캐 땅과 중원처럼 멀어졌다.
떨어져 있다는 생각만 하니
사랑하는 정이 날로 새로워진다.
사슴이 울면서 들풀 생각하는
귀한 손님에 견줄 만하다.
내게 술 한 잔이라도 있으면
멀리 있는 사람에게 주려고 한다.
바라건대 그대도 잠시 술을 부어
평생의 친근한 정 풀어다오.

머리를 묶고 부부가 되어
사랑을 둘 다 의심하지 않았다.
즐거움이 오늘 밤에 있고,
정다움이 좋은 때와 맞았다.
집 떠날 사람 갈 길을 헤아리며
일어서서 보는 밤이 어땠던가.
참성도 진성도 사라질 때
가고 가서 거기서 작별했다.

가야 하는 곳이 전쟁터여서
만날 기약을 하지 못했다.
손을 잡고 한 번 길게 탄식하고,
눈물 쏟으며 생이별을 했다.
꽃 피던 시절을 사랑하려고 애쓰고
즐거운 때를 잊지 말기 바라오.
살면 마땅히 돌아갈 것이고,
죽으면 그리움만 길게 남으리.

　소무는 중국 한나라 관원이다. 기원전 99년에 흉노에 사신으로 갔다가 억류되어 북쪽 황무지에서 양을 쳐야 하는 신세가 되었다. 친구인 이릉(李陵)이 흉노를 치러 갔다가 포로가 되어 항복하고 흉노를 따르자고 회유했으나 듣지 않고 19년 동안 고난을 겪다가 귀국했다. 이릉에게 지어주었다는 이 〈이별의 시〉 네 수가 전한다. 후대인의 위작으로 보는 것이 통설이지만, 이별의 슬픔을 절실하게 나타낸 작품의 본보기이다. 네 수 가운데 첫째 수와 셋째 수만 든다.

　"골육"은 형제를 말한다. 형제는 한 가지에 난 잎과 같다고 했다. 앞의 수에서는 형제 사이의 이별을 말했다. "사해가 모두 형제"라는 말은 《논어》(論語)에서 가져왔다. 모든 사람이 형제와 같아 나와 무관한 행인이라고 할 사람은 없다고 하겠지만, 친형제는 특별한 사이라고 일렀다. 참성(參星)과 진성(辰星)은 멀리 떨어져 있는 별이다. "사슴이 울면서 들풀 생각하는 귀한 손님에 견줄 만하다"는 말은 《시경》(詩經) 소아(小雅) 〈녹명〉(鹿鳴)에서 가져온 말이다. 사슴이 들풀을 생각하듯이 귀한 손님이 올 것을 기대한다는 뜻이다. 그런 심정으로 헤어진 형제를 생각한다고 말했다. 첫 수 마지막 대목에서 만나서 술을 주고받는 장면을 상상했다.

　뒤의 수에서는 부부의 이별을 말했다. 부부가 되어 사랑하고 즐거워하던 지난날을 말했다. "참성도 진성도 사라지는데"는 날이 밝았다는 말이다. 집을 떠나서 가야 하는 곳이 전쟁터여

13

서 눈물을 쏟으면서 생이별을 했다고 했다. 좋은 시절을 생각하면서 위안을 얻으라고 하고, 살면 돌아가지만 죽으면 그리움만 길게 남길 것이라고 술회했다. 남편이 전장에 나가 부부 이별은 체아 히는 수많은 사람들의 수난을 집약해서 나타냈다.

브론테 Charlotte Brontë, 〈이별 Parting〉

There's no use in weeping,
Though we are condemned to part:
There's such a thing as keeping
A remembrance in one's heart:

There's such a thing as dwelling
On the thought ourselves have nurs'd,
And with scorn and courage telling
The world to do its worst.

We'll not let its follies grieve us,
We'll just take them as they come;
And then every day will leave us
A merry laugh for home.

When we've left each friend and brother,
When we're parted wide and far,
We will think of one another,
As even better than we are.

Every glorious sight above us,
Every pleasant sight beneath,
We'll connect with those that love us,
Whom we truly love till death !

In the evening, when we're sitting
By the fire perchance alone,
Then shall heart with warm heart meeting,
Give responsive tone for tone.

We can burst the bonds which chain us,
Which cold human hands have wrought,
And where none shall dare restrain us
We can meet again, in thought.

So there's no use in weeping,
Bear a cheerful spirit still;
Never doubt that Fate is keeping
Future good for present ill !

우는 것은 부질없는 짓이다,
우리가 이별하지 않을 수 없더라도.
아직도 남아 있는 일이 있으니,
기억을 가슴에 간직하는 것이다.

남아 있는 일이 더 있으니,
우리가 기른 생각을 지니는 것이다.
또한 경멸과 용기를 지니고
세상이 아주 나쁘다고 말하는 것이다.

어리석은 무리의 애도를 불허하고,
오는 대로 맞이하기나 하자.
그러면 우리는 매일 얻으리라
반갑고 친근한 웃음을.

친구나 형제를 여윌 때에도,
멀기먼 길 떠나갈 때에도,

서로를 생각하는 마음은
지금보다도 더할 것이다.

우리 위의 넝쿨스러운 광경,
아래에 있는 즐거운 광경,
그것들을 모두 연결시키리라
죽을 때까지 사랑하는 사람과.

저녁이 되어 앉아 있으면
불 옆에서 아마도 홀로,
따스한 가슴과 가슴이 만나고,
목소리에는 목소리가 응답하리라.

우리를 묶은 사슬을 끊을 수 있다.
인간의 차가운 손으로 만들어놓은.
우리를 다시 잡아당길 것은 없다.
우리는 다시 만날 수 있다, 생각으로는.

우는 것은 부질없는 짓이다,
아직도 즐거운 마음을 지녀라.
의심하지 말라, 운명이 만들리라,
지금의 불행을 장래의 행복으로.

소설가로 더 잘 알려진 영국의 여성작가 브론테가 이별에 관해 이런 시를 지었다. 죽어서 이별하더라도 우는 것은 부질없는 짓이라고 서두 제1연과 결말 제8연에서 말하고, 그 이유를 동원할 수 있는 대로 들었다. 떠나간 사람에 관한 기억이나 함께 한 생각은 남는다고 제1·2·4·6연에서 말했다. 제3연에서는 애도를 거부하고 웃음을 잃지 말자고 하고, 제5연에서는 아름답게 보이는 모든 것을 사랑하는 사람과 연결시키자고 했다. 제7연에서는 비탄에 잠겨 만들어놓은 속박에서 벗어나자고 하고, 제8연에서는 지금의 불행이 장래의 행복으로 바뀔 수 있다고 했다. 이별의 고통을 넘어서게 하는 말이면 무엇이든지 하려고 해서 시가 길어졌다.

아이헨도르프Joseph Freiherr von Eichendorff, 〈깨진 반지Das zerbrochene Ringlein〉

In einem kühlen Grunde
Da geht ein Mühlenrad,
Mein Liebste ist verschwunden,
Die dort gewohnet hat.

Sie hat mir Treu versprochen,
Gab mir ein'n Ring dabei,
Sie hat die Treu gebrochen,
Mein Ringlein sprang entzwei.

Ich möcht als Spielmann reisen
Weit in die Welt hinaus,
Und singen meine Weisen,
Und gehn von Haus zu Haus.

Ich möcht als Reiter fliegen
Wohl in die blut'ge Schlacht,
Um stille Feuer liegen
Im Feld bei dunkler Nacht.

Hör ich das Mühlrad gehen:
Ich weiß nicht, was ich will –
Ich möcht am liebsten sterben,
Da wär's auf einmal still!

어느 서늘한 땅에서
물레방아가 돌고 있는데,
사랑하는 사람은 사라졌다,
그곳에 살고 있다가.

그 여자는 사랑을 약속하고
내게 반지를 주고서,
그 여자가 사랑을 깨 버려
반지가 두 동강 났다네.

유랑광대가 되어 떠날까
세상을 멀리까지 가서,
내 노래를 부를까,
집집마다 다니면서.

기사가 되어 날아갈까,
피 흘리는 싸움터로,
고요한 불 옆에 누을까,
어두운 밤 들판에서.

물레방아 도는 소리를 들으면서,
무엇을 할지 알 수 없구나.
기분 좋게 죽고 말까,
갑자기 조용해지게.

　　독일 낭만주의 시인 아이헨도르프는 사랑하는 사람과의 이
별을 이렇게 노래했다. 제1연과 제5연에서 물레방아가 돈다는
것은 이중의 의미가 있다. 물레방아는 사랑을 약속한 장소이
고, 계속 돌아 과거와 현재의 연속을 입증한다. 그런데 사랑하
는 사람이 약속을 어기고 자기를 버렸다고 했다. 제2연에서 사

랑이 깨지자 사기에게 준 반지가 두 동강 나서 아쉽다고 말했다. 상처받은 마음을 달래고 고통을 잊기 위해 제3연에서는 유랑광대가 되어 떠나가겠다고 하고, 제4연에서는 기사가 되어 싸움터로 갈까 했다. 두 가지 상상에서 해결책을 얻지 못하고 제5연에서는 죽음을 결말로 삼으려고 한다고 했다.

정철, 〈길 위의 돌부처..〉에서 브론테, 〈이별〉까지에서는 실제의 이별을 문제 삼는데, 여기서는 이별에 대한 생각을 나타냈다. 가장 심각한 이별인 사랑의 상실을 들어 사랑과 이별의 관계를 논의했다. 사랑은 절대적이다. 사랑하는 사람과 이별해 사랑을 상실하는 것은 회복할 수 없는 상처이다. 회복할 수 없는 상처를 잊기 위해 일상생활에서 벗어나 방랑도 하고 예사롭지 않은 모험도 하지만, 결말은 죽음일 따름이다.

이렇게 생각하는 것은 비관적 낭만주의의 극단론이다. 사랑의 상실을 부정적으로 평가하기만 할 것은 아니다. 상실의 아픔을 이기려고 하는 방랑과 모험이 죽음에 이르는 과정이 아니고 예술을 창조하고 역사를 전환하는 계기가 될 수 있다. 처절한 절망이 막연한 희망 이상의 힘을 가질 수 있다.

프레베르Jacques Prévert, 〈낙엽 Les feuilles mortes〉

Je voudrais tant que tu te souviennes,
Des jours heureux quand nous étions amis,
Dans ce temps là, la vie était plus belle,
Et le soleil plus brûlant qu'aujourd'hui.

Les feuilles mortes se ramassent à la pelle,
Tu vois je n'ai pas oublié.
Les feuilles mortes se ramassent à la pelle,
Les souvenirs et les regrets aussi,

Et le vent du nord les emporte,
Dans la nuit froide de l'oubli.
Tu vois, je n'ai pas oublié,
La chanson que tu me chantais.

C'est une chanson, qui nous ressemble,
Toi qui m'aimais, moi qui t'aimais.
Nous vivions, tous les deux ensemble,
Toi qui m'aimais, moi qui t'aimais.

Et la vie sépare ceux qui s'aiment,
Tout doucement, sans faire de bruit.
Et la mer efface sur le sable,
Les pas des amants désunis.

Nous vivions, tous les deux ensemble,
Toi qui m'aimais, moi qui t'aimais.
Et la vie sépare ceux qui s'aiment,
Tout doucement, sans faire de bruit.

Et la mer efface sur le sable
Les pas des amants désunis...

오, 나는 네가 기억해주길 바란다.
우리가 정다웠던 행복한 나날을.
그때 인생은 한층 아름답고
태양은 오늘보다 더 작열했다.

낙엽은 삽에 끌려 담겨지지만,
너도 알지, 나는 잊지 못한다.
낙엽은 삽에 끌려 담겨지지만,
추억도 후회도 잊지 못한다.

북풍이 낙엽을 몰아다가
망각의 싸늘한 밤으로 가져가도,
너도 알지, 나는 잊지 못한다.
네가 내게 들려주던 노래를.

그것은 우리와 닮은 노래였다.
나를 사랑한 너, 너를 사랑한 나.
우리는 둘이 함께 살았지,
나를 사랑한 너, 너를 사랑한 나.

인생은 사랑하는 사람들을 갈라놓네,
아주 부드럽게 아무 소리 내지 않고.
그리고 바다는 모래 위에 남아 있는
헤어진 연인들의 발자국을 지워버리네.

우리는 둘이 함께 살았지,
나를 사랑한 너, 너를 사랑한 나.
인생은 사랑하는 사람들을 갈라놓네,
아주 부드럽게 아무 소리 내지 않고.

그리고 바다는 모래 위에 남아 있는
헤어진 연인들의 발자국을 지워버리네.

　프레베르는 프랑스 현대시인이다. 사랑하는 사람들의 이별
에 관해 이렇게 말한 이 시가 작곡되어 애창된다. 〈낙엽〉을 제
목으로 내세워 사랑하는 사람과 이별한 심정을 말했다. 낙엽
으로 나타난 이별의 결과는 삽에 끌려 담겨진다고 제2연에서
말했듯이 그 자체로 끝나지만, 자기는 이별을 받아들일 수 없
다고 일렀다. 또 하나의 비유는 제5연과 제7연에서 말한 모래
위의 바다 물결이다. 바다 물결은 모래 위에 남아 있는 연인
들의 발자국을 지워버리지만, 자기 마음속의 사랑은 지워지지

않는다고 했다.

낙엽이나 물결은 과거를 소멸하는 자연의 변화를 나타낸다. 제6연에서 "인생은 사랑하는 사람들을 갈라놓네"라고 한 데서는 자연과 인생이 다르지 않다고 했다. 그런데 사연과 인생의 순리를 어기고, 과거를 과거로 인정하지 않고 이별을 이별로 받아들이지 않는 마음으로 시를 쓰고 노래를 부른다. 이별의 노래를 들어 예술론을 전개했다.

박목월, 〈이별가〉

뭐락카노, 저편 강기슭에서
니 뭐락카노, 바람에 불려서

이승 아니믄 저승으로 떠나는 뱃머리에서
나의 목소리도 바람에 날려서

뭐락카노 뭐락카노
썩어서 동아밧줄은 삭아 내리는데

하직을 말자 하직 말자
인연은 갈밭을 건너는 바람

뭐락카노 뭐락카노 뭐락카노
니 흰 옷자라기만 펄럭거리고…

오냐. 오냐. 오냐.
이승 아니믄 저승에서라도…

이승 아니믄 저승에서라도

인연은 갈밭을 건너는 바람
뭐락카노, 저편 강기슭에서
니 음성은 바람에 불려서

오냐. 오냐. 오냐.
나의 목소리도 바람에 날려서.

　박목월은 한국 현대시인이다. 이승에서 저승으로 강을 건너
듯이 건너가 죽어서 헤어지는 사람에게 하는 말을 전했다. 상
대방이 누군지는 밝히지 않고, "뭐락카노", "오냐. 오냐. 오냐"
라는 사투리를 써서 무척 다정한 사이임을 알려주었다. 바람
이 분다는 말을 계속해서 죽음에 이르도록 세월이 흐르는 것은
어쩔 수 없고 거역하지 못한다고 암시했다.

　"동아밧줄은 삭아 내리는데"에서는 때가 되어 사람이 죽는
것은 밧줄이 삭는 것과 같다고 했다. "하직을 말자 하직 말자/
인연은 갈밭을 건너는 바람"에서는 갈밭에 바람이 불듯이 인
연을 따라 가는 것이 당연하니 하직을 하지도 말자고 했다. 죽
어서 헤어지니 가는 사람과 남은 사람이 하는 말이 잘 들리지
않는다고 했다. 끝으로 자기나 하는 말이 바람에 날려서 잘 들
리지 않는다고 하면서 생략했는데, 그 말은 "오냐. 오냐. 오냐.
내도 곧 갈끼다. 쪼매만 기다리래이"라고 하는 것임을 짐작할
수 있다.

아라공Louis Aragon, 〈행복한 사랑은 없다Il n'y a pas
d'amour heureux〉

Rien n'est jamais acquis à l'homme Ni sa force
Ni sa faiblesse ni son coeur Et quand il croit
Ouvrir ses bras son ombre est celle d'une croix
Et quand il croit serrer son bonheur il le broie

Sa vie est un étrange et douloureux divorce
Il n'y a pas d'amour heureux

Sa vie Elle ressemble à ces soldats sans armes
Qu'on avait habillés pour un autre destin
À quoi peut leur servir de se lever matin
Eux qu'on retrouve au soir désoeuvrés incertains
Dites ces mots Ma vie Et retenez vos larmes
Il n'y a pas d'amour heureux

Mon bel amour mon cher amour ma déchirure
Je te porte dans moi comme un oiseau blessé
Et ceux—là sans savoir nous regardent passer
Répétant après moi les mots que j'ai tressés
Et qui pour tes grands yeux tout aussitôt moururent
Il n'y a pas d'amour heureux

Le temps d'apprendre à vivre il est déjà trop tard
Que pleurent dans la nuit nos coeurs à l'unisson
Ce qu'il faut de malheur pour la moindre chanson
Ce qu'il faut de regrets pour payer un frisson
Ce qu'il faut de sanglots pour un air de guitare
Il n'y a pas d'amour heureux.

힘이든 약점이든 마음이든 사람은
온전하게 갖추고 살아갈 수는 없다.
팔을 벌린다고 여기면 그림자는 십자가이다.
행복을 껴안는다고 여기고 부셔버린다.
사는 것이 기이하고 괴로운 결별이다.
행복한 사랑은 없다.

무기 없는 군인들처럼 살아가면서
운명을 바꾸는 옷을 입는다는 말인가.

아침에 일어나면 무슨 도움이 되는가,
저녁에 쓸데없고 의심스럽다고 한 것들이.
내 삶이여, 이런 말을 하면서 눈물을 참아라.
행복한 사랑은 없다.

아름다운 사랑, 다정한 사랑, 찢어진 과거를
마음에 보듬고 있는 나는 상처 입은 새와 같다.
무언지 모르면서 우리를 쳐다보고 지나가는 사람들이
내가 엮은 말을 내가 하는 대로 따라서 하고,
너의 커다란 눈에서 바로 사라져 아주 없어진다.
행복한 사랑은 없다.

시간이 삶을 가르치는데 이미 너무 늦었다.
우리 마음이 밤이면 함께 흐느낀다.
불행이 있어야 덜 된 노래라도 부른다.
후회가 있어야 떨림을 전한다.
흐느낌이 있어야 기타 곡조를 켠다.
행복한 사랑은 없다.

아라공은 프랑스 현대시인이다. 정치참여의 시를 쓰다가 사
랑에 관한 말도 했다. 어느 것이든지 음률을 잘 갖추어 노래
부르기 좋게 했다. 여기서는 사랑을 잃은 아픔을 하소연했다.
제목에 내놓은 "행복한 사랑은 없다"는 말을 각 연 끝에 후렴
으로 되풀이했다.

제1연에서 살아가기 힘들다고 했다. "팔을 벌린다고 여기면
그림자는 십자가이다"는 것은 무엇이든 시도하려고 팔을 벌리
면 그 모습이 그림자에서는 십자가로 나타난다는 말이다. 제
2연에서는 하는 일마다 차질이 생길 수 있다고 했다. 그런 줄
알고 눈물을 참아야 한다고 말했다.

제3연 "아름다운 사랑, 다정한 사랑, 찢어진 과거를/ 마음에
보듬고 있는 나는 상처 입은 새와 같다"에서 사랑을 잃고 괴로

위한다고 분명하게 말했다. 그러나 "너"라고 한 사랑하는 사람이 어디로 떠나지 않고 아직 있다고 했다. 이별을 하지 않고서도 이별을 했다고 일렀다. "무언지 모르면서 우리를 쳐다보고 지나가는 사람들이／내가 옆은 말을 내가 아는 대로 따라서 하고,／너의 커다란 눈에서 바로 사라져 아주 없어진다"고 한 석 줄은 왜 필요한가？ 실제 상황이라면 분위기를 깨기나 하므로 필요하지 않다. 이별을 하지 않고서도 이별을 해서 괴로워하는 노래를 다른 사람들이 듣고 겉으로만 따라 부르기나 하고 깊은 소통은 이루어지지 않을 것을 염려한 말로 이해하면 깊은 뜻이 있다.

제4연에서는 불행하고 후회하면서 흐느끼는 것이 사람의 삶이라고 했다. 그런 줄 알고 노래를 부르고 공감을 나누자고 했다. "행복한 사랑은 없다"는 것을 깨닫고 헛된 기대를 걸지 말아야 한다. 불행이나 이별이 당연하다고 받아들여야 한다는 작품 전체의 주제를 확인했다.

제2장
이별이 닥쳐와

차천로(車天輅), 〈고요한 밤의 생각(靜夜思)〉

相思無路莫相思
暮雨遙雲只暫時
孤夢不知關邊遠
夜隨明月到天涯

서로 생각해도 길이 없으니 생각하지 말아야지.
저녁 비나 떠도는 구름도 다만 잠깐 동안이로다.
외로운 꿈이 국경 관문이 먼 것을 알지 못하고,
밤이면 밝은 달 따라 먼 하늘을 헤매고 다닌다.

　차천로는 한국 조선중기의 시인이다. 고요한 밤에 헤어진 사람을 생각하는 이런 시를 지었다. 제1행에서 생각해도 길이 없으니 생각하지 말자고 했으나 그대로 되지 않았다. 제2행에서는 저녁 비나 떠도는 구름도 잠깐 보이다가 사라지니 함께 보낸 시간이 오래 지속되리라고 기대할 수 없고, 이별한 것이 당연하다고 마음을 달랬다.

　제3행에서는 그리운 사람이 가 있는 곳이 머나먼 국경 관문이라고 했다. 떠나간 남자를 그리워하는 여인의 노래임을 이 대목에서 알 수 있다. 제3행에 이어서 제4행에서 외로운 밝은 달 따라 먼 하늘을 헤매고 다닌다고 하는 데서, 마음을 달래 눌러놓은 그리움이 길게 뻗어난다.

김억, 〈오다가다〉

오다가다 길에서
만난 이라고,
그저 보고 그대로
갈 줄 아는가.

뒷산은 청청(靑靑)
풀잎사귀 푸르고,
앞바단 중중(重重)
흰 거품 밀려든다.

산새는 죄죄
제 흥을 노래하고,
바다엔 흰 돛
옛 길을 찾노란다.

자다 깨다 꿈에서
만난 이라고,
그만 잊고 그대로
갈 줄 아는가.

십 리 포구 산 너머
그대 사는 곳,
송이송이 살구꽃
바람과 논다.

수로 천 리 먼먼 길
왜 온 줄 아나.
예전 놀던 그대를
못 잊어 왔네.

　김억은 한국 근대시인이다. 사랑하는 사람을 그리워하는 마음을 가지런하게 다듬은 표현으로 잔잔하게 나타냈다. "오다가다 길에서", "자다 깨다 꿈에서 만난 이라고" 잊어버릴 수 없어, "십 리 포구 산 너머", "수로 천 리 먼먼 길" 찾아왔다고 했다. 사랑하던 사람이 누구이고 왜 헤어졌는가는 말하지 않고, 그리워서 찾는 마음의 움직임을 알리는 데 힘썼다.

포오Edgar Allan Poe, 〈꿈속의 꿈A Dream within a Dream〉

Take this kiss upon the brow!
And, in parting from you now,
Thus much let me avow—
You are not wrong, who deem
That my days have been a dream;
Yet if hope has flown away
In a night, or in a day,
In a vision, or in none,
Is it therefore the less gone?
All that we see or seem
Is but a dream within a dream.

I stand amid the roar
Of a surf—tormented shore,
And I hold within my hand
Grains of the golden sand—
How few! yet how they creep
Through my fingers to the deep,
While I weep— while I weep!
O God! can I not grasp
Them with a tighter clasp?
O God! can I not save
One from the pitiless wave?
Is all that we see or seem
But a dream within a dream?

이마에 하는 키스는 받아다오.
그리고 지금 너와 헤어지면서
내가 말을 많이 하게 해다오.
네가 나의 나날은 꿈이라고 해도.

30

잘못되었다고 하지 않는다.
희망이 사라지고 없다고 한다면,
밤에도, 낮에도 사라졌다면,
보이는 데서도, 보이지 않는 데서도,
그렇다면 더 못한 쪽이 가야 하는가?
우리가 보고 생각하는 것은
무엇이든지 꿈속의 꿈일 따름이다.

나는 파도가 고뇌에 사로잡혀
울부짖는 사이에 서 있다.
그리고 손에 쥔다,
황금빛 모래알 몇 개를.
얼마나 작은가! 그런데도
내 손에서 빠져나가 아래로 떨어진다.
내가 울고 있는 동안, 내가 울고 있는 동안!
오 하느님이시여, 황금 모래알을
움켜잡을 수 없나요?
오 하느님이시여, 황금 모래알을
무자비한 흐름에서 구출할 수 없나요?
우리가 보고 생각하는 것은
무엇이든지 꿈속의 꿈일 따름인가요?

포오는 미국 근대시인이다. 응축된 표현으로 심오한 의미를 환기하는 시를 써서 프랑스 상징주의 시인들에게 영향을 끼쳤다. 이 시가 그런 작품의 본보기이다.

제1연 제1행에서 이마에 키스를 한다고 한 것은 사랑하는 관계를 끝내고 헤어지는 절차이다. 제4행에서 "말을 많이 하게 해다오"라고 한 것은 이별을 당한 슬픔을 감추고 사태 전개를 주도하는 듯이 위장하는 허세라고 생각된다. 제5행에서 "나와 함께 보낸 나날"이 상대방은 원하지 않고, 서술자 "내가 일방적으로 주도해서 보낸 나날"이라는 이유에서 "나의 나날"
이라고 했다. "나의 나날은 꿈"이라고 한 것은 현실에 충실하
지 않고 헛되게 보낸 세월을 보냈다는 말이다.

제6 9행에서 한 말은 쉽게 이해하면, 함께 살아서 추구할 희
망이 어디서든지 사라졌으므로 둘 가운데 더 못한 쪽이, 상대방
이 아닌 서술자가 사라져야 한다고 상대방이 말했다는 것이다.
제10-11행에서 서술자는 한 차원 높은 응답을 했다. 함께 보
낸 나날이 꿈속이라고 하는데, "우리가 보고 생각하는 것은 무
엇이든 꿈속의 꿈일 따름이다"고 했다.

이별을 받아들이면서 대단한 깨달음을 얻은 듯이 말했다.

제2연에서는 홀로 남아 이별당한 자기를 되돌아보았다. "파도
가 고뇌에 사로잡혀 울부짖는" 것은 자기 심정이다. 손에 쥔 황
금 모래알이 빠져나가는 것은 세월의 흐름, 희망의 상실, 이
둘을 함께 말해준다. 태연한 것 같다가 제7행에 와서 울고 있
다는 것은 "나 보기가 역겨워 가실 때에는 죽어도 아니 눈물
흘리오리다"라고 김소월이 말한 것과 같은 위장이 부정되고
눌러놓은 슬픔이 터져 나왔기 때문이다.

슬픔을 혼자 감당하지 못해 제8행부터는 하느님을 찾았다.
희망의 상징인 모래알을 꽉 잡으면 빠져나가지 않을 수 있는
가, 세월의 무자비한 흐름에서 구출할 수 있는가 하느님에게
물었다. 그리고 "우리가 보고 생각하는 것은 무엇이든 꿈속의
꿈일 따름이다"고 자기가 한 말이 사실인지도 하느님에게 물
었다.

제1연에서 이별을 당할 때에는 당당한 것 같더니, 제2에서
혼자 있을 때에는 나약해지고 절망에 사로잡혔다. 당당함이
위장으로 밝혀지고, 고독에 몸부림치는 진실이 드러났다. 현
실과 꿈을 구별해 현실에 충실하지 않고 헛되게 보낸 세월을
꿈이라고 하는 주장 때문에 피해자가 되었으면서도, 황금 모
래알 손에 쥐고 이루어지지 못할 헛된 희망의 꿈을 꾸었다. 꿈
때문에 이중의 시달림을 받았다.

"무엇이든지 꿈속의 꿈"이라면 현실과 꿈의 구분이 무성뇌고, 허황된 꿈에 매달리지 않게 된다. 꿈 때문에 받는 이중의 시달림에서 벗어난다. 불교에서 하는 말과 상통하는 명답을 발견하고서도 확신이 없다.

릴케Rainer Maria Rilke, 〈**이별**Abschied〉

Wie hab ich das gefühlt was Abschied heißt.
Wie weiß ichs noch: ein dunkles unverwundnes
grausames Etwas, das ein Schönverbundnes
noch einmal zeigt und hinhält und zerreißt.

Wie war ich ohne Wehr, dem zuzuschauen,
das, da es mich, mich rufend, gehen ließ,
zurückblieb, so als wärens alle Frauen
und dennoch klein und weiß und nichts als dies:

Ein Winken, schon nicht mehr auf mich bezogen,
ein leise Weiterwinkendes −, schon kaum
erklärbar mehr: vielleicht ein Pflaumenbaum,
von dem ein Kuckuck hastig abgeflogen.

이별이라고 하는 것을 내가 어떻게 느꼈나,
어떻게 지금 알고 있나, 어둡고 상처입지 않고
가혹한 것을, 아름다움과 연관된 무엇을
한번 보여주고 내민 다음 찢어버린 것을.

나는 거역하지도 못하고 어떻게 바라보았나.
내 이름을 부르고 내게 어서 가라고 하고서,
모든 여인이 다 그런가, 뒤에 남아 있는 것은
이처럼 작고 또한 희고 또한 아무렇지도 않았다.

손짓, 이미 나와는 아무 상관 없게 되어
조용하게 계속되는 손짓이기만 하고, 이상 더
밝힐 수 없는 것, 자두나무 한 그루라고나 할까
거기서 뻐꾸기 한 마리가 휑하게 날아갔나.

독일어 시인 릴케는 이별에 대해서 이렇게 말. 원래의 어순을 살려서 번역하려고 했다. 말이 까다롭게 얽혀 있지만 잘 뜯어보면 뜻이 통한다. 이별을 당했다고 서러워하지 않고, 이별이란 무엇인지 적절하게 해명하려고 했다. 냉철한 마음으로 깊은 성찰을 한 결과를 보여주었다.

이별은 아름다움과 연관된 무엇을 보여주고는 찢어버린 자취이다. 이별은 누구를 불러놓고는 가라고 한 수난을 거역하지 못하고 당하고 남아 있는, 작고, 희고, 아무렇지도 않은 잔영이다. 이별은 더 할 말이 없는데도 조용한 손짓을 계속해서 하는 것이 뻐꾸기가 앉았다가 날아간 나무 가지의 흔들림과 같다. 간추려 보면 이런 말이다. 이별은 심각하게 생각하지 않아도 좋을 흔적이므로 아프게 여길 것이 아니다. 더 간추리면 이런 말이다.

나태주, 〈별리〉

우리 다시는 만나지 못하리.

그대 꽃이 되고 풀이 되고
나무가 되어
내 앞에 있는다 해도 차마
그대 눈치채지 못하고,

나 또한 구름 되고 바람 되고

천둥이 되어
그대 옆을 흐른다 해도 차마
나 알아보지 못하고,

눈물은 번져
조그만 새암을 만든다.
지구라는 별에서의 마지막 만남과 헤어짐.

우리 다시 사람으로는
만나지 못하리.

　　나태주는 한국 현대시인이다. 이별에 관해 이렇게 말했다. 너와 나의 이별은 종말이 아니고 천지만물이 변천하는 과정의 하나이다. 자연을 떠나 인생이 있는 것은 아니다. 사람이 죽은 뒤에 제2연에서는 나무나 풀, 제3연에서는 구름이나 바람이나 천둥이 될 수 있다고 했다. 그래서 이별이 새로운 만남으로 이어지지만, 새로운 만남이 과거의 이별과 어떻게 연결되는지는 알 수 없다고 일렀다. 넓고 크게 생각하면 서러워할 것 없으나 당장의 이별이 눈물을 흘리게 한다고 제4연에서 말하고, "사람"의 삶만 생각해 다시 만나지 못하는 것을 서운해 한다고 제5연에서 말했다.

정호승, 〈이별 노래〉

떠나는 그대
조금만 더 늦게 떠나준다면
그대 떠난 뒤에도 내 그대를
사랑하기에 아직 늦지 않으리

그대 떠나는 곳
내 먼저 떠나가서
나는 그대 뒷모습에 깔리는
노을이 되리니

옷깃을 여미고 어둠 속에서
사람의 집들이 어두워지면
내 그대 위해 노래하는
별이 되리니

떠나는 그대
조금만 더 늦게 떠나준다면
그대 떠난 뒤에도 내 그대를
사랑하기에 아직 늦지 않으리

　　정호승은 한국 현대시인이다. 떠나는 그대를 만류하지 못하
고 조금만 더 늦게 떠나 달라고 했다. 시간을 주면 무엇이라도
하겠다고 다짐했다. 떠나는 그대에 대해 남은 사랑을 어떻게
해서든지 보여주겠다고 했다. 이별의 노래가 사랑의 노래이다.

막살레시스Maxalexis, 〈사랑의 파란Rupture d'amour〉

J'avais trouvé en toi et mon bonheur et ma richesse,
Tu étais mon plus bel appui, ma tour, ma forteresse :
Qu'en reste−t−il aujourd'hui ? Des regrets et des pleurs,
Des souvenirs heureux enfouis au fond de mon coeur.

Nos plus doux plaisirs se sont changés en tristesse,
Et l'avenir joyeux que l'on se promettait tout deux,
Qu'en reste−t−il aujourd'hui ? Des larmes de détresse,

Qui ruissellent sur mes joues et me percent le coeur.

De nos chagrins cuisants j'ai vu croître le nombre ;
Et le bonheur passé ne me paraît plus qu'une ombre ;
Que reste−t−il de notre amour, de cet amour bienveillant ?
Un petit brin de paille, que d'un souffle, a emporté le vent.

Hélas ! que sont devenues nos belles promesses échangées,
Nos serments et les voeux que nous avions formulé,
Que reste−t−il de notre amour, de cet amour si puissant ?
Une petite brindille, qui d'un souffle, s'est envolée au vent.

나는 너에게서 행복과 풍요를 찾아냈다.
너는 나에게 기댈 곳이고, 탑이고, 성채였다.
지금은 모두 어디 있는가 ? 행복하던 시절을
추억하는 회한과 비애가 가슴에 묻혀 있다.

감미로운 쾌락이 슬픔으로 바뀌고 말았다.
우리 둘이 약속한 즐거운 미래가 지금은
어디 있는가 ? 눈물과 비탄이 뺨을 타고
흘러내려 이 내 가슴을 뚫고 들어온다.

혹독한 고통의 수가 늘어나는 것을 보았다.
지나가는 행복이 그늘보다 커지는 것 같았다.
우리의 사랑, 넉넉한 사랑에서 무엇이 남았나 ?
지푸라기 같은 숨결마저 바람이 앗아갔다.

아! 우리가 주고받은 약속은 어떻게 되었나,
우리가 마련하고 다짐한 맹세, 소망, 사랑,
그렇게도 강렬하던 사랑이 지금은 있는가 ?
잔가지 같은 숨결마저 바람에 날려갔다.

이 사람은 브르타뉴 출신의 프랑스 현대시인이다. 사랑이 파탄에 이른 슬픔을 쉬우면서도 절실한 말로 나타냈다. 시간이 많이 흘러 새로운 시인이 등장해도 변하지 않은 노래를 다시 부르다. 사랑하고 헤어지는 것이 늘 그대로인데 이기 달라질 수 없다.

햄과 에반스Pete Ham and Tom Evans, 〈너 없이는Without You〉

No I can't forget this evening,
Or your face as you were leaving.
But I guess that's just the way the story goes.
You always smile but in you eyes your sorrow shows.
Yes it shows.

No I can't forget tomorrow,
When I think of all my sorrow,
When I had you there but then I let you go.
And now it's only fair that I should let you know
What you should know.

I can't live, if living is without you.
I can't give, I can't give any more.
Can't live, if living is without you.
Can't give, I can't give any more.

No I can't forget this evening,
Or your face as you were leaving.
But I guess that's just the way the story goes.
You always smile but in you eyes your sorrow shows.
Yes it shows.

I can't live, if living is without you.
I can't give, I can't give any more.
Can't live, if living is without you.
Can't give, I can't give any more.

I can't live, if living is without you.
I can't give, I can't give any more.
Can't live, if living is without you.
Can't give, I can't give any more.

아니야, 나는 오늘 저녁을 잊을 수 없어,
떠나가는 너의 얼굴 잊을 수 없어.
하지만 이렇게 되리라고 짐작은 했어.
너는 언제나 미소를 지었지만 슬픔이 보였어.
슬픔이 보였다.

아니야, 나는 내일도 잊을 수 없어,
내 모든 슬픔을 생각하면,
내 사람이던 네가 떠나가면,
이제 네게 알려주어야 마땅해 네가 알아야 할 것을.
네가 알아야 할 것을.

나는 살 수 없어, 너 없이 살라면.
나는 줄 수 없어, 아무 것도 더 줄 수 없어.
나는 살 수 없어, 너 없이 살라면,
나는 줄 수 없어, 아무 것도 더 줄 수 없어.

아니야, 나는 오늘 저녁 잊을 수 없어,
떠나가는 너의 얼굴 잊을 수 없어.
하지만 이렇게 되리라고 짐작은 했어.
너는 언제나 미소를 지었지만 슬픔이 보였어.

슬픔이 보였다.

나는 살 수 없어, 너 없이 살라면.
나는 줄 수 없어, 아무것도 더 줄 수 없어.
나는 살 수 없어, 너 없이 살라면,
나는 줄 수 없어, 아무것도 더 줄 수 없어.

나는 살 수 없어, 너 없이 살라면.
나는 줄 수 없어, 아무 것도 더 줄 수 없어.
나는 살 수 없어, 너 없이 살라면,
나는 줄 수 없어, 아무 것도 더 줄 수 없어.

　이것은 영국 작사자 두 사람이 노랫말을 지어 대중가요 악단 배드핑거(Badfinger)가 부른 인기 가요이다. 1970년에 발표된 이래로 수많은 악단과 가수가 불러 국제적인 명성을 떨쳤다.

　사랑하는 사람과 이별하는 슬픔을 말하고 헤어져 살라면 살 수 없다고 했다. "아무 것도 더 줄 수 없어"라고 한 것은 다른 사람에게 사랑을 더 줄 수 없다는 말이다. 그러나 떠나는 것을 말리거나 떠나지 말라고 매달리지는 않았다.

　"이렇게 되리라고 짐작은 했"다고 하고, "너는 언제나 미소를 지었지만 슬픔이 보였어"라고 했다. "네게 알려주어야 마땅해 네가 알아야 할 것을"이라고 했다. 헤어지지 않을 수 없는 이유가 양쪽에 다 있다고 넌지시 일렀다. 예정된 이별이므로 받아들여야 한다고 했다.

제3장
이별의 슬픔

작자 미상, 〈고시 십구 수 첫째 수(古詩十九首其一)〉

行行重行行
與君生別離
相去萬餘里
各在天一涯
道路阻且長
會面安可知

가고 가고 또 가고 가서
그대와 생이별을 했구나.
서로 떨어지기를 만여 리,
각기 하늘 한 쪽에 있으며,
길이 험하고 또한 멀어,
만날 것을 어찌 알겠나.

　중국 한나라 때의 작품이다. 소통(蕭統)의 《문선(文選)》에 수
록되어 전한다. 그대가 누구인지는 말하지 않고, 생이별을 하
고 만리나 되는 먼 곳에 가서 다시 만나지 못한다고 한탄했다.
이별의 노래 기본형이라고 할 수 있다.

구준(寇準), 〈멀리 있는 한탄(遠恨)〉

敗葉亂如雨
暮蟬聲似哭
感物悲昔心
佳期悵難續
雲山雖阻歎
韶華若在目
深情染彩牋
密密空盈幅
溫瘴雁不來

遊魚隱深穀
羽鱗孰可憑
音書安可複
焚灰寄長風
字滅魂亦逐

낙엽이 비처럼 흩날리고,
저녁 매미 소리 우는 듯하다.
무엇을 대하든 옛 생각에 슬프고,
좋은 때 이어지지 못해 한탄스럽네.
구름과 산 가로막혀 원망스럽고,
아름다운 시절 눈앞에 있는 듯하다.
깊은 정이 채색 편지지를 물들여
비어 있던 곳을 빽빽하게 채웠다.
덮고 습한 곳이라 기러기 오지 않고,
놀고 있던 물고기도 깊이 숨었으니,
깃털과 비늘 그 어느 것에 의지해,
소식 전하는 서진 보낼 수 있겠나.
태워서 재를 만들어 바람에 부치니
사라지는 글자마다 혼도 쫓아가리.

구준은 중국 송나라 시인이다. 이별을 한탄하는 시를 이렇게
지었다. 누구와 왜 이별했다는 말이 없다. 그러나 이별하고 소
식이 통하지 않아 생기는 그리움과 서러움을 절실하게 나타냈
다. 특정 사연이 배제되어 누구나 자기 일이라고 생각하고 공
감할 수 있다. 기러기가 오지 않고 물고기가 숨었다는 데서는
기러기와 물고기를 통해 소식을 전했다고 한 옛말을 가져왔다.

제닝스Elizabeth Jennings, 〈없음Absence〉

I visited the place where we last met.

Nothing has changed, the gardens were well-tended,
The fountains sprayed their usual steady jet;
There was no sign that anything had ended
And nothing to instruct me to forget.

The thoughtless birds that shook out of the trees,
Singing an ecstasy I could not share,
Played cunning in my thoughts. Surely in these
Pleasures there could not be a pain to bear
Or any discord shake the level breeze.

It was because the place was just the same
That made your absence seem a savage force,
For under all the gentleness there came
An earthquake tremor: fountain, birds and grass
Were shaken by my thinking of your name.

우리가 마지막으로 만난 곳을 찾아가니
변한 것은 없고, 정원 손질이 잘 되어 있었다.
분수는 늘 그렇듯이 물을 뿜어 올리고,
무엇이 끝난 징조가 보이지 않았다.
내게 잊으라고 하는 무엇이 없었다.

나무를 흔들면서 나오는 무심한 새떼는
함께 하지 못할 황홀한 노래를 부르고,
내 마음에 다가와 얄미운 짓을 해도,
이런 기쁨에 참고 견디어야 할 고통도,
잔잔한 바람을 뒤흔들 부조화도 없다.

이곳은 전과 조금도 다르지 않지만,
너의 부재가 난폭한 힘이 되는 듯하더니,
부드럽게 보이는 모든 것을 뒤엎고

분수, 새떼, 풀을 마구 뒤흔든다,
네 이름을 생각하자 일어난 지진이.

　제닝스는 영국 현대 여성시인이다. 내면의식을 섬세하게 보여주는 시를 썼다. 제목이 〈없음〉인 이 작품에서는 헤어지고 없는 사람을 잊으려고 해도 잊지 못하는 심정의 단계적인 변화를 깊이 들어가 그려냈다.

　제1연에서는 이별의 고통을 잊고 마음의 안정을 얻으려고 했다. 제2연에서는 고통을 누르지 못하고 동요가 시작되었다. 제3연에서는 이별한 사람을 잊지 못해 마음에서 지진이 일어났다고 일렀다. 이별한 다음 누구나 이런 과정을 겪는다고 할 수 있다.

박목월, 〈이별의 노래〉

기러기 울어 예는 하늘 구만리.
바람이 싸늘 불어 가을은 깊었네.
　　　아아, 아아,
너도 가고, 나도 가야지.

한낮이 끝나면 밤이 오듯이,
우리의 사랑도 저물었네.
　　　아아, 아아,
너도 가고, 나도 가야지.

산촌에 눈이 쌓인 어느 날 밤에,
촛불을 밝혀 두고 홀로 울리라.
　　　아아, 아아,
너도 가고, 나도 가야지.

한국 현대시인 박목월이 지은 이 시는 앞에서 든 프레베르의 〈낙엽〉처럼, 작곡되어 애창된다. 시상에서도 주목할 만한 공통점이 있다. 제1연에서 가을이 오고, 제2연에서 밤이 된다고 한 자연의 변화른 인생이 따라 사랑도 끝이 있어 사랑하던 사람이 헤어져야 한다고 했다. "너도 가고, 나도 가야지"를 되풀이해 헤어지는 것이 당연하다고 했다. 그런데 그 앞에서 "아아, 아아"를 되풀이해 이별에 대한 불만을 나타냈다. 제3연에서 "산촌에 눈이 쌓인 어느 날 밤에, 촛불을 밝혀 두고 홀로 울리라"라고 하면서 불만에서 거역으로 나아갔다.

이별의 계절인 가을 다음의 겨울은 망각의 계절이어야 하고, 겨울밤이 깊으면 망각이 절정에 이르러야 한다. 그런데 밖에는 눈이 쌓이고 안에는 촛불을 밝혀 어둠을 부정하고, "홀로 울리라"라고 하면서 망각을 거부했다. 과거를 과거로 인정하지 않고 이별을 이별로 받아들이지 않는 마음을 프레베르의 〈낙엽〉에서보다 가냘프고 처절한 어조로 노래했다. 시인은 자연의 순리를 거역하는 특권이 있다고 자세를 한층 낮추어 다시 주장했다.

유치환, 〈그리움〉

오늘은 바람이 불고,
나의 마음은 울고 있다.
일찍이 너와 거닐고 바라보던
그 하늘 아래 거리언마는,
아무리 찾으려도 없는 얼굴이여.
바람 센 오늘은 더욱 너 그리워,
진종일 헛되이 나의 마음은
공중의 깃발처럼 울고만 있나니.
오오 너는 어드매 꽃같이 숨었느뇨?

한국 현대시인 유치환은 이별을 이렇게 노래했나. 이별한 사람을 잊지 않고 생각해 시인은 자연의 순리를 거역하는 특권이 있다고 하는 것은 위안이 되지 못하고 기만일 수 있다고 여겨 거부했다. 없음을 확인하고 직시하는 작업을 세 단계로 진행했다. 제1연에서는 "바람이 불고"를 배경으로 "나의 마음은 울고 있다"고 했다. 제2연에서는 "하늘 아래 거리"는 그대로 있는데 "너의 얼굴"은 없다고 해서 있음과 없음의 차이를 분명하게 했다. 제3연에서는 바람과 마음이 하나가 되어 "공중의 깃발처럼 울고" 있다고 신음했다.

이 시는 프레베르, 〈낙엽〉이나 박목월, 〈이별의 노래〉와 다르다. 없음을 있음으로 바꾸어놓으려고 하지 않고, 없음과의 대결을 처절하게 하는 것이 시인의 사명으로 여겼다. 사랑하는 사람과 이별해서 생긴 없음이 시인의 사명에 관한 논란에 계속 소용된다.

용혜원, 〈잊혀지지 않는 사람〉

늘 내 눈에
어리는
얼굴

내 몸 속 어딘가에
숨어 있다가
그리움 되어
불쑥불쑥 떠오르는 그대

언젠가
내 곁으로 다시 돌아오는 걸
알 수 있을까

문득문득 생각날 때마다
주변을 휘둘러보아도
그대는 없다

잊혀지지 않는 사람
언젠가는 다시 만나겠지

세월은 자꾸만
흐르고 흘러가는데
잊혀지지 않는데
다시 만날 수 있을까

그대 다시 만나면
봄날의 여린 햇살을
온몸으로 받으며
함께 걷고만 싶다

　용혜원은 한국 현대시인이다. 이별한 사람을 그리워하면서 돌아오기를 기대하는 시를 썼다. 얼굴이 눈에 어린다고 하고, 자기 몸속에 숨어 있다가 "그리움 되어 불쑥불쑥 떠오르는 그대"라고 하는 데서 잊을 수 없는 심정을 절실하게 나타냈다. 다시 만나면 "함께 걷고만 싶다"고 한 것을 보면 사랑하는 사람과 이별한 것 같지는 않다. 이별 때문에 괴로워하는 증세가 가벼운 편이다.

김용택, 〈네가 살던 집터에서〉

네가 살던 집터에 메밀꽃이 피고
달이 둥실 떴구나.

저렇게 달이 뜨고
이렇게 네가 보고 싶을 때
나는 너의 희미한 봉창을 두드리곤 했었다.
우리는 싱싱한 배추밭 머리를 돌아
달빛이 저렇게 떨어지는 강물을 따라서 걷곤 했었지.
우리가 가는 데로 하얗게 비워지는 길을 걸어
달도 올려다보고 땅도 내려다보며
물소리를 따라
우리는 어디만큼 갔다가는 돌아오곤 했었지.
물기 있는 곳이라면 어디나 이마를 마주 대고
오불오불 꽃동네를 이룬 하얀 가을 풀꽃을
이슬을 머금어 촉촉하게 반짝여
가슴 서늘하게 개던 풀꽃들을 바라보는
달빛 비낀 네 옆얼굴은 왜 그다지도
애잔스러워 보였는지.
앞산 뒷산이 훤하게 드러나고
우리 가슴 속에 잔물결이
황홀하게 일어 돌아오는 길
우리는 동구 앞 정자나무 아래
우리 그림자를 숨기고
소쩍새 울음소리를 아득하게
때론 가까이
우리들 어디에다 새겨듣곤 했었지.
그때 그 두근대던 너의 고동소리가
지금도 내 가슴에 선명하게 살아나는구나.
네가 네 집 마당
달빛을 소리 없이 밟고 지나
네 방문 여닫는 소리가 가만히 들리고
불이 꺼지면
내 방 달빛은 문득 환해지고
나는 달빛 가득 든 내 방에 누워

먼 데서 우는 소쩍새 소리와
잦아지는 물소리를 따라가며
왜 그리도 세상이 편안하고 아늑했는지 몰라.
눈을 감아도 선연하구나.
네가 꼭 올 것이라고 생각하기 시작하면
그 생각은 철석같은 믿음이 되어
네가 곧 나타날 것 같아
나는 숨을 죽이며
온 세상을 향해 내 마음은 모두 열리고
세상의 온갖 소리들이 들리었지.
그럴 때마다 너는 발소리를 죽여 와서
(나는 그때마다 네가 아무리 발소리를 죽여 와도
이 세상의 온갖 소리 속에서도
네 발소리를 가려들었었지)
내 봉창을 가만히 두드리던,
아득한 그 두드림 소리가
메밀꽃밭 속에서 금방이라도
들릴 것 같아
숨이 멈춰지는구나.
너는 가만히 문을 열고
떡이나 감홍시, 알밤이나 고구마를 들이밀곤 했지.
아, 그때 동백기름 바른 네 까만 머릿결 속에
가락 같은 가르맛길이 한없이 넓어지고
가르마 너머 두리둥실 떠오른 달과
동정깃같이 하얗게 웃던 네 모습이
지금도 잡힐 듯 두 손이 가는구나.
생각하면 끝도 갓도 없겠다.
강 건너 나뭇짐을 받쳐놓고
고샅길을 바라보면
총총걸음하는 네 물동이 속 남실거리는 물에
저녁놀이 반짝일 때

나는 내 이마가 따가운 것 같아
이마를 문지르곤 했었다.
어쩌다 사람들이 있을 때
어쩌다 고샅길에서 마주칠 때
너는 얼른 뒤안으로 달아나거나
두 눈을 내리깔고 비켜서곤 했었지.
네 그 치렁치렁한 머리채와
빨간 댕기.
오늘밤도 저렇게 달이 뜨고
네가 살던 집터는 이렇게 빈터가 되어
메밀꽃이 네 무명적삼처럼 하얀데,
올려다보는 달은 이제 남 같고
물소리는 너처럼
저 물굽이로 돌아가는데,
살 사람이 없어
동네가 비겠다고
논밭들이 묵겠다고
부엉부엉 부엉새가
부엉부엉
저렇게도 울어대는구나.

　김용택은 한국 현대시인이다. 사랑하던 사람의 추억을 고향
마을로 되돌아가고 살던 집터를 찾아 되새겼다. 지난날의 정
겨운 기억과 지금 보이는 황량한 풍경이 대조를 이루어 사랑하
던 사람과 이별한 슬픔을 더 키운다고 했다.

김윤성, 〈아무것도 없으므로〉

"아무것도 없으므로 뭔가가 있다

뭔가가 있으므로 아무것도 없다"
이렇게 생각하며 하루 종일 보낸다
바다를 바라보며 하루 종일 보낸다
밀려오고 밀려가는 파도소리에
산산이 부서져 내리는 시간
잘게 잘게 부서지고 또 부서져
어느새 시간은 흔적 없이 사라지고
듬쑥한 슬픔만이 바다 가득 넘실거릴 때
"아무 것도 없으므로 뭔가가 있다?
뭔가가 있으므로 아무 것도 없다?"
당신 간 지도 어느덧 삼년인데
당신 없는 이 세상 나 혼자 살아가며
문득문득 뭔가 이상하다는 생각
"아무것도 없으므로 뭔가가 있다
뭔가가 있으므로 아무것도 없다."

　　김윤성은 한국 현대시인이다. 이 시에서 무언지 모를 허전함을 노래하고, 있음과 없음의 관계에 대해 생각했다. 없다고 여겨 생기는 허전함을 시의 주제로 삼으면서 실향이나 이별과 관련시키는 것이 오랜 관습이다. "당신 간지도 어느덧 삼년인데 당신 없는 이 세상 나 혼자 살아가며"라고 한 데서는 이별이 절실하게 떠올랐다.

제4장
강요된 이별

두보(杜甫), 〈신혼의 이별(新婚別)〉

兎絲附蓬麻
引蔓故不長
嫁女與征夫
不如棄路旁
結髮爲君妻
席不暖君床
暮婚晨告別
無乃太匆忙
君行雖不遠
守邊赴河陽
妾身未分明
何以拜姑嫜
父母養我時
日夜令我藏
生女有所歸
雞狗亦得將
君今往死地
沈痛迫中腸
誓欲隨君去
形勢反蒼黃
勿爲新婚念
努力事戎行
婦人在軍中
兵氣恐不揚
自嗟貧家女
久致羅襦裳
羅襦不復施
對君洗紅妝
仰視百鳥飛
大小必雙翔
人事多錯迕
與君永相望

디붉쓿이너 삼대에 붙은 새삼은
당겨도 길게 늘어지지 않지만,
출정하는 병사에 딸을 주면
길가에 버림만도 못하리.
머리 얹어 임의 아내 되고도
임의 침상 덥혀 볼 틈조차 없이
저녁에 잔치하고 아침에 이별하니
너무나도 총망하지 않은가요.
임께서 비록 멀리까지 가지 않고
변방 지키려고 하양으로 갔으나,
저는 처지가 분명하지 않으니,
어떻게 시부모님께 절을 올릴까요?
우리 부모님이 저를 기를 적에
밤이나 낮이나 고이 간직하고
딸이라 시집을 보내실 때는
어울리는 짝을 얻게 하려고 했지요.
임은 이제 죽을 곳으로 갔으니
침통한 느낌 뱃속에 사무치고.
한사코 임을 따라 가려 해도
형세가 너무 촉박하네요.
신혼은 염려하지 마시고
나라 지키는 일에 열중하세요.
아녀자가 군대에 가 있다면
병사들 사기 오르지 못할 거예요.
한스럽게도 가난한 집 딸인 제가
겨우 비단옷 한 벌 마련했으나,
비단옷은 다시 입지 않으려 하고
낭군님 바라고 붉은 화장도 지우겠어요.
온갖 새들 나는 것 우러러보니
크나 작으나 짝을 지어 날아가는데,

사람 일에는 뒤틀림이 많아
낭군님을 오래두고 바라만 보네요.

두보는 중국 당나라의 시인이다. 불행하게 살아가는 사람들
의 처지를 다룬 시를 많이 쓴 가운데 이것도 있다. 신혼의 절
차를 마치기 전에 신랑이 군대에 끌려가 이별한 여인의 참담한
처지를 발했다.

먼저 말뜻에 관한 설명이 필요하다. "兎絲附蓬麻"(토사부봉
마)의 "兎絲"는 "새삼"이라고 하는 기생식물이다. 이것이 어디
에 붙는 것에다 여자가 남자에게 시집가는 것을 견주었다. "蓬
麻"는 "다북쑥이나 삼대"이다. 둘 다 가냘픈 식물이다. 여기서
는 군인으로 징집되어 가는 신랑을 말한다. 가냘픈 식물인 다
북쑥이나 삼대에 붙은 새삼은 길게 뻗어나지 못하므로 "引蔓
故不長"이라고 했다.

혼인하는 절차가 사흘 동안 이어진 다음 신부가 신부로 공인
되어 시부모에게 절을 하는 것이 당시의 풍속이었다. 신랑이
하루 지나고 잡혀갔으니 며느리 신분을 온전하게 갖추지 못했
다고 "妾身未分明"이라고 말했다. "雞狗亦得將"은 "닭은 시집
갈 때 닭을 따르고, 개는 시집갈 때 개를 따른다"는 뜻으로 "嫁
鷄隨鷄 嫁狗隨狗"라고 하던 말을 옮긴 것이다. "將"은 "隨"와
같은 뜻이다. 시집가서 어울리는 짝을 따른다는 말이다.

구성을 보자. 서술자의 서론에 이어서, 여인이 혼인의 절차를
마치지도 못하고 이별한 사정을 말했다. 그 다음에는 부모의 소
망이 어그러지고 어쩔 수 없게 되었다고 말했다. 이제부터 어떻
게 할 것인지 말하고, 외로운 처지를 말하면서 마무리했다.

오달제(吳達濟), 〈아내에게(寄內)〉

琴瑟恩情重
相逢未二朞

今成萬里別
虛負百年期
地闊書難寄
山長夢亦遲
吾生未可卜
須護腹中兒

금슬의 은정은 중대한데,
만난 지 두 해도 되지 못했네.
이제 만리나 이별을 해서
백년 기약이 부질없구나.
땅이 넓어 편지 보내기 어렵고,
산이 길어 꿈조차 더디네.
내 삶은 기약할 수 없으니
뱃속의 아이 잘 돌보아주오.

  오달제는 병자호란 때 척화파라는 이유로 심양으로 잡혀가
이 시를 지었다. 혼인한 지 두 해도 못돼 아내와 원하지 않는
이별을 해야 하는 사정이 심각하다. "땅이 넓어 편지 보내기
어렵고, 산이 길어 꿈조차 더디네"라고 한 데서 먼 곳에 가서
겪는 고난을 절실하게 나타냈다. "내 삶을 기약할 수 없다"는
말이 적중해 돌아오지 못하고 살해되었다. "뱃속의 아이"를 당
부하는 말이 처절하다.

김남주, 〈우리 언제 다시 만날 수 있으랴〉

오래 전에 우리는 헤어졌다.
억지로 헤어졌지만
시간이 흐르는 동안
사랑했던 일들의 기억도 흐릿해졌다.

우리 사이에
대동강이 있을 수도 있고
임진강이 있을 수도 있고
한강이 있을 수도 있다.
강물이 흐르듯 세월이 흘러
북으로 간 너는 늙고
남에 남은 나도 늙으면서
강의 폭은 한없이 넓어만 간다.
정신도 육체도 또 언어도
소통구조가 다른 문화 속에 굴어만 간다.
우리는 다시
10대도 20대도 될 수 없는데
잔인해라, 시간은 가고
우리 언제 다시 만날 수 있으랴.
잔인해라, 시간.
헤어져 있는 남남북녀.

　김남주는 한국 현대시인이다. 현실참여의 시를 창작의 본령
으로 삼았다. 여기서는 남북 분단 때문에 헤어진 것을 한탄하
고, 헤어진 사람을 그리워했다. 〈우리 언제 다시 만날 수 있으
랴〉라는 제목이 처연한 느낌을 준다. 그러나 흔히 할 수 있는
말을 열거하고 헤어진 사람이 "남남북녀"라고만 해서 절실한
느낌은 들지 않는다.

문병란, 〈직녀에게〉

이별이 너무 길다.
슬픔이 너무 길다.
선 채로 기다리기엔 은하수가 너무 길다.

난 하나 오직교마저 끊어져 버린
지금은 가슴과 가슴으로 노둣돌을 놓아
면도날 위라도 딛고 건너가 만나야 할 우리,
선 채로 기다리기엔 세월이 너무 길다.
그대 몇 번이고 감고 푼 실을
밤마다 그리움 수놓아 짠 베 다시 풀어야 했는가.
내가 먹인 암소는 몇 번이고 새끼를 쳤는데,
그대 짠 베는 몇 필이나 쌓였는가?
이별이 너무 길다.
슬픔이 너무 길다.
사방이 막혀버린 죽음의 땅에 서서
그대 손짓하는 연인아.

유방도 빼앗기고 처녀막도 빼앗기고
마지막 머리털까지 빼앗길지라도
우리는 다시 만나야 한다.
우리들은 은하수를 건너야 한다.
오작교가 없어도 노둣돌이 없어도
가슴을 딛고 건너가 다시 만나야 할 우리,
이별은 이별은 끝나야 한다.
말라붙은 은하수 눈물로 녹이고
가슴과 가슴을 노둣돌 놓아
슬픔은 슬픔은 끝나야 한다, 연인아.

  문병란은 한국 현대시인이다. 이별한 연인과 재회하기를 간
절하게 바라는 시를 지었다. 이별이 두 사람만의 일은 아니다.
원하지 않아도 이별하지 않을 수 없었던 사정을 "유방도 빼앗
기고 처녀막도 빼앗기고"라고 한 데서 짐작할 수 있다. "사방
이 막혀버린 죽음의 땅에 서서" "손짓하는 연인"과 어떻게 하
든지 다시 만나야 한다고, 견우직녀 설화를 들어 절실하게 기
원했다.

천상병, 〈소릉조(小陵調)—70년 추석에〉

아버지 어머니는
고향 산소에 있고,

외톨배기 나는
서울에 있고,

형과 누이들은
부산에 있는데,

여비가 없으니
가지 못한다.

저승 가는 데도
여비가 든다면,

나는 영영
가지도 못하나?

생각느니 아,
인생은 얼마나 깊은 것인가.

　천상병은 한국 현대시인이다. 소릉(少陵)은 중국 당나라 시
인 두보(杜甫)의 호이다. 두보가 가족과 이별하고 그리워하는
것 같은 시를 쓰고자 해서 제목에다 "소릉조"(少陵調)라는 말
을 넣었다. 그러나 헤어진 사유가 없고, 두보보다는 여린 마음
으로 헤어진 가족을 그리워하기만 한다.
　여비가 없어서 가지 못한다고 한 것은 새로운 의미를 가
져오는 비약이다. 돈이 없으면 사람 구실을 하지 못하는 현

대사회의 문제점을 지적했다. 어비기 없으면 서승에노 영영 가지 못하는가 하고 염려하면서 극도로 위축된 자세를 보여준 데서는 두보의 시보다 더 나아갔다. 그러나 끝으로 "생각느니 아, / 인생은 얼마나 깊은 것인가"라고 한 것은 앞에서 한 말과 어떻게 연결되는지 선뜻 이해되지 않는다.

제5장
가까운 사람 송별시

왕유(王維), 〈송별(送別)〉

下馬飮君酒
問君何所之
君言不得意
歸臥南山陲
但去莫復問
白雲無盡時

말에서 내려 그대와 술을 마시면서,
그대에게 묻나니 어디로 가려는가?
그대 말하기를 뜻을 얻지 못해
돌아가 남산 자락에 눕겠다고 하네.
가기나 하게, 더 묻지는 않겠네.
흰 구름 다하는 때는 없으리니.

  왕유는 중국 당나라 시인이다. 떠나가는 벗을 편안한 마음으로 보내는 시를 이렇게 지었다. 사랑과 이별은 남녀 사이에만 있지 않고 벗들 사이에도 있다. 벗에 대한 사랑인 우정은 공유물이어서 독점물인 남녀의 애정보다 도수가 낮아 이별의 슬픔을 담담하게 받아들이게 한다.
  어디로 가려고 하는가 하고 벗에게 물으니, 뜻을 얻지 못해 떠난다고 하고, 돌아가 남산 자락에 눕겠다고 하는 말로 은거를 일삼겠다고 말했다. 이 말을 듣고 보내는 사람은 만류하지 않고 오히려 부러워하기까지 하는 생각을 나타냈다. 마음을 비우고 은거하면서 바라보는 흰 구름은 다하는 때가 없다고 해서 세상에서 얻는 명리(名利)가 유한한 것과 다르다고 했다.

이백(李白), 〈벗을 보내면서(送友人)〉

靑山橫北郭

白水繞東城
此地一爲別
孤蓬萬里征
浮雲游子意
落日故人情
揮手自茲去
蕭蕭班馬鳴

푸른 산이 성 밖 북쪽 가로지르고,
맑은 물은 성 안 동쪽 감싸 흐른다.
지금 여기서 한 번 이별하면,
외로운 쑥처럼 만리나 가겠지.
떠도는 구름은 나그네 마음
지는 해는 친구의 심정
손을 흔들며 이제 떠나가니
쓸쓸하구나, 떠나는 말의 울음.

  이백도 중국 당나라 시인이다. 말을 타고 떠나는 벗을 보내
는 시를 왕유처럼 지었다. 떠나는 이유는 없고 보내는 아쉬움
만 나타나 있다. 벗이 찾아가겠다고 하는 남산 자락 대신에 벗
을 떠나보내는 장소를 묘사하고, "이런 좋은 벗을 두고 무엇
때문에 떠나는가?"하면서 만류하고 싶은 심정을 나타냈다.

  더 묻지 않겠다고 하고, 의구심을 떨쳐버리지 못했다. 생략
한 말을 보충하면 바람에 날리는 외로운 쑥처럼 되어 만리 밖
까지 떠도는 가련한 신세가 될 것을 염려했다. 왕유의 시에서
불변의 순수를 말해주던 구름이 정처 없는 방향으로 바뀌었
다. 손을 흔들며 떠나가니 쓸쓸하다고 하는 이별시에서 으레
갖추는 정황에다 말의 울음소리를 보태 마음을 더 흔들었다.

정지상(鄭知常), 〈가는 사람 보내면서(送人)〉

庭前一葉落
床下百虫悲
忽忽不可止
悠悠何所之
片心山盡處
孤夢月明時
南浦春波綠
君休負後期

뜰 앞에 잎 하나 떨어지자
마루 밑 온갖 벌레 슬프구나.
홀홀히 떠남을 말릴 수 없네만,
유유히 가면서 어디로 향하는가?
한 조각 마음은 산이 끝난 곳,
외로운 꿈은 달 밝을 때.
남포에 봄 물결 푸를 때면,
그대는 뒷기약 어기지 말게나.

　정지상은 한국 고려시대 시인이다. 이 시에서 누구를 보내는 노래이면서 자기 자신이 떠나가고 싶은 심정을 절실하게 나타내고 있다. 무슨 목표가 있어서 떠난다는 것은 아니다. 그대로 머무를 수 없고 어디 가서라도 풀어야 할 시름을 지니고 떠도이 나그네가 되는 외로움을 맛본다는 것이다. 정신적 방황을 말릴 수 없다.

　그런데도 남포의 봄 물결이 푸르면 만나기로 한 기약을 잊지 말라고 했다. 까닭 없이 외롭고 쓸쓸한 마음을 방랑으로 달래는 것 같더니, 상실의 계절인 가을이 가고 자기 고장 남포에 봄 물결이 푸르다는 말로써 소생의 기운이 돌면 다시 만나자고 했다. 이별에 역사적이거나 사회적인 사정이 있다고 암시했다.

박순(朴淳), 〈귀향하는 퇴계선생을 보내며(送退溪先生還鄉)〉

鄉心未斷若連環
一騎今朝出漢關
寒勒嶺梅春未放
留花應待老仙還

고향 생각 끊어지지 않고 고리 물고 이어져
말 한 필로 오늘 아침 한양 관문 떠나가네.
추위가 봄이 피지 못하게 고개 위 매화 잡아
눌려 있는 꽃이 늙은 신선 돌아오기를 기다리네.

　박순은 한국 조선시대 시인이다. 떠나가는 사람을 보내면서
송별시를 지어주는 오랜 관습을 이어 이 시를 지었다. 존경하
는 퇴계 이황(李滉)이 서울을 떠나 고향으로 갈 때 후배 박순이
지은 이 시가 좋은 본보기이다. 헤어지기 서운하다, 잘 가라
하는 등의 상투적인 언사는 모두 생략하고, 아주 요긴한 말 몇
마디만 해서 품격을 높이고 많은 것을 함축했다.
　제1연에서 고향을 그리워하는 생각을 버리지 못해 돌아가는
마음속을 헤아리고, 떠나는 모습을 그리면서 "한양 관문"으로
나타낸 관직의 세계를 버리고 "말 한 필"이라고 한 단출한 행
장으로 탈속의 경지를 찾아간다고 했다. 제2연에서 든 매화는
이황이 사랑하는 꽃이어서 선택되었을 뿐만 아니라, 탈속의
고결한 정신을 나타낸다. 아직은 추위에 눌려 있는 매화가 이
황이 돌아가기를 기다려 피어난다고 한 것은 세속의 구속에서
벗어나 귀환의 즐거움을 누리게 되는 과정을 말해준다.

뮈세 Alfred de Musset, 〈잘 가라 Adieu!〉

Adieu! je crois qu'en cette vie

Je ne te reverrai jamais.
Dieu passe, il t'appelle et m'oublie ;
En te perdant je sens que je t'aimais.

Pas de pleurs, pas de plainte vaine.
Je sais respecter l'avenir.
Vienne la voile qui t'emmène,
En souriant je la verrai partir.

Tu t'en vas pleine d'espérance,
Avec orgueil tu reviendras ;
Mais ceux qui vont souffrir de ton absence,
Tu ne les reconnaîtras pas.

Adieu! tu vas faire un beau rêve
Et t'enivrer d'un plaisir dangereux ;
Sur ton chemin l'étoile qui se lève
Longtemps encor éblouira tes yeux.

Un jour tu sentiras peut-être
Le prix d'un coeur qui nous comprend,
Le bien qu'on trouve à le connaître,
Et ce qu'on souffre en le perdant.

잘 가거라! 살아 있는 동안 너를
다시 보지 못할 것 같은 생각이 든다.
신이 나섰나, 너를 불러 나를 잊게 하고,
너에 대한 나의 사랑도 없앴나.

눈물도, 공연한 탄식도 그만두자.
나는 미래를 소중하게 여긴다.
너를 데려갈 배가 오라고 해라.
나는 너의 출발을 웃으면서 보겠다.

니는 희망을 가득 안고 떠나가
잔뜩 뽐내면서 돌아올 것이다.
네가 없어 괴로워한 사람들을
알아보지는 못할 것이다.

잘 가거라! 너는 좋은 꿈을 따라간다,
들뜬 모험의 즐거움에 사로잡혀.
네가 가는 길에 별이 떠올라
오랫동안 너를 눈부시게 할 것이다.

어느 날에는 마침내 네가 알 것이다.
우리를 이해하는 마음이 소중함을.
그 마음을 알아차리면 흡족하고,
잃어버리면 괴롭게 된다는 것을.

뮈세는 프랑스 낭만주의 시인이다. 이별하는 마음을 전하는 이런 시를 지었다. 왕유, 〈송별〉에서 박순, 〈귀향하는 퇴계선생을 보내며〉까지와 같은 송별시를 서양에서는 찾기 어렵다. 송별시를 짓는 관습이 없었던 것 같아, 이 정도가 소중한 자료이다. 이 시는 떠나가는 벗에게 잘 가라고 하면서 지어준 것이지만, 위에서 든 것들과 다르다.

제1연만 보면 떠나는 이유가 죽음인 것 같다. 후반까지 다 읽어보면 마치 신이 나서 다시는 만나지 않으려는 듯이 떠나가는 것이 서운하지 않다고 했다. 제2연에서 가겠으면 만류하지 않을 터이니 잘 가라고 한 것은 속생각과 어긋나는 전송이다. 제3연과 제4연에서는 헛된 기대를 걸고 떠나갔다가 나중에는 되돌아와 무엇이 진실인지 알게 된다고 일렀다. 제4연에서 늘어놓은 언사가 너무 찬란해 환상을 경계하는 의미를 지닌다. 환상이 깨어지는 단계인 제5연에 이르면 홀로 떠나가 모험으로 추구하고자 하는 것보다 두고 간 사람들에 대한 사랑이 더욱 소중한 줄 알게 된다고 했다.

벗이 떠나가는 것이 마땅하지 않지만 말릴 수 없어 잘 가라고 하면서 일탈이나 배신의 잘못을 은근히 충고했다. 벗을 생각하고 도와주려고 이런 시를 지었다. 뮈세는 프랑스 낭만주의 시인이고 비탄에 잠기 어조로 마음을 움직이는 것을 장기로 삼았지만, 작품에서는 벗을 위한 설득을 사명으로 삼아 감정을 절제하고 표현을 가다듬었다. 상황과 어조가 상이해도 우정을 소중하게 여기는 데서는 동서가 일치한다.

한용운, 〈이별하는 사람에게 준다(贈別)〉

天下逢未易
獄中別亦奇
舊盟猶未冷
莫負黃花期

하늘 아래 만나기도 쉽지 않은데,
옥중에서 이별하니 기이하도다.
옛 맹세를 두었다가 식히지 말고,
국화 필 때를 잊지 말고 기약하세.

한용운은 한국 근대시인이다. 독립운동을 하다가 자주 투옥되었다. 옥중에서 함께 고생하다가 먼저 출옥하는 사람에게 이 시를 지어주었다. 앞 두 줄에서는 하늘 아래가 넓어 만나기 쉽지 않고 옥중에서 이별하니 기이하며, 인연이 소중하다고 했다. 뒤 두 줄에서는 좋은 때에 다시 만나자는 맹세를 잊지 말자면서, 함께 투쟁하는 동지가 되어달라고 은근히 일렀다.

제6장
두고 떠난 어머니 그리워

신사임당(申師任堂), 〈대관령을 넘어가면서 친정을 바라본다(踰大關嶺望親庭)〉

慈親鶴髮在臨瀛
身向長安獨去情
回首北坪時一望
白雲飛下暮山靑

백발 어머님은 임영에 계시는데,
이 몸 홀로 서울로 가는 심정이여.
머리 돌려 북평 땅을 한 번 바라보니,
흰 구름 나는 아래 저무는 산 푸르다.

신사임당은 한국 조선시대 여성시인이고 화가이며, 이이(李珥)의 어머니이다. 오만 원권 화폐에 초상이 있을 만큼 숭앙된다. 강릉에 있는 친정을 떠나 서울 시댁으로 가면서 이 시를 지었다. 대관령에 올라가 동쪽을 바라보면서 백발의 어머니를 두고 떠나는 안타까운 마음을 나타냈다. "臨瀛"은 강릉의 다른 이름이다. "北坪"은 강릉 남쪽의 지명이고 지금은 동해시의 일부이다.

유호, 〈비내리는 고모령〉

어머님의 손을 놓고 떠나올 때엔
부엉새도 울었다오 나도 울었소
가랑잎이 휘날리는 산마루턱을
넘어오던 그날 밤이 그리웁고나

맨드라미 피고 지고 몇 해이던가
물방아간 뒷전에서 맺은 사랑아
어이해서 못잊느냐 망향초 신세

비 내리던 고모령을 넌세 넘느냐

이것은 유호의 필명인 호동아 작사, 박시춘 작곡으로 1948년에 발표한 대중가요이다. 노래의 배경은 당시의 경산군, 지금의 대구 수성구 만촌동에 있는 작은 고개인 고모령(顧母嶺)이다. 일제 강점기에 그곳은 징병이나 징용으로 멀리 떠나는 자식과 어머니가 이별하던 장소였다. 장소, 배경, 사연에 관한 말을 적절하게 배합한 노랫말이 서정성을 풍부하게 지니고, 곡조가 구슬퍼 오래 두고 애창된다.

제1절에서는 어머니의 손을 놓고 떠난 것을 슬퍼했다. 부엉이도 울고 가랑잎이 휘날리는 산마루턱을 넘어오던 그날 밤이 그립다고 하면서 세월이 지난 뒤의 감회를 나타냈다. 제2절에서는 "맨드라미 피고 지고 몇 해이던가"라는 말로 시간의 경과를 말했다. "망향초 신세"로 떠돌아다니면서 "비 내리던 고모령을" 언제 다시 넘어 어머니에게로 갈 것인지 한탄했다. 그러면서 "물방아간 뒷전에서 맺은 사랑"이 있었다는 사연을 추가했다.

1969년에는 임권택 연출로 노래의 제목을 딴 영화가 제작되었다. 2001년에 고모령에 노래비를 세웠다. 앞면에는 노래의 가사, 뒷면에는 이 노래가 "고향에 대한 그리움과 어머니를 향한 영원한 사모곡(思母曲)으로 널리 애창되기를 바란다"라는 말을 새겼다.

마쓰자키 고우도우(松崎慊堂), 〈가을날 병상에 누워 (秋日臥病有感)〉

故園何日省慈闈
多病多年心事違
雲路三千夢至難
秋天無數雁空飛

고향에 언제 가서 어머님 뵈올까?
병 많은 여러 해 뜻대로 되지 않네.
구름 길 삼천리 꿈에도 가기 어려운데,
가을 하늘 기러기만 무수히 날아가네.

  이 사람은 일본 에도시대 유학자이면서 시인이다. 고향을 떠
나온 지 여러 해인데 돌아가지 못하고 병만 많다고 탄식했다.
가을밤에 기러기가 날아가는 것을 보고 자기가 떠나온 길 삼천
리는 꿈에도 가기 어렵다고 말했다. 고향에 돌아가 어머니를
뵙는 것이 간절한 소망이라고 했다.

하이네Heinrich Heine, 〈생각하는 밤Nacht gedanken〉

Denk ich an Deutschland in der Nacht,
Dann bin ich um den Schlaf gebracht,
Ich kann nicht mehr die Augen schließen,
Und meine heißen Tränen fließen.

Die Jahre kommen und vergehn!
Seit ich die Mutter nicht gesehn,
Zwölf Jahre sind schon hingegangen;
Es wächst mein Sehnen und Verlangen.

Mein Sehnen und Verlangen wächst.
Die alte Frau hat mich behext,
Ich denke immer an die alte,
Die alte Frau, die Gott erhalte!

Die alte Frau hat mich so lieb,
Und in den Briefen, die sie schrieb,
Seh ich, wie ihre Hand gezittert,

Wie tief das Mutterherz erschüttert.

Die Mutter liegt mir stets im Sinn.
Zwölf Jahre flossen hin,
Zwölf lange Jahre sind verflossen,
Seit ich sie nicht ans Herz geschlossen.

Deutschland hat ewigen Bestand,
Es ist ein kerngesundes Land,
Mit seinen Eichen, seinen Linden
Werd ich es immer wiederfinden.

Nach Deutschland lechzt ich nicht so sehr,
Wenn nicht die Mutter dorten wär;
Das Vaterland wird nie verderben,
Jedoch die alte Frau kann sterben.

Seit ich das Land verlassen hab,
So viele sanken dort ins Grab,
Die ich geliebt — wenn ich sie zähle,
So will verbluten meine Seele.

Und zählen muß ich — Mit der Zahl
Schwillt immer höher meine Qual,
Mir ist, als wälzten sich die Leichen
Auf meine Brust — Gottlob! Sie weichen!

Gottlob! Durch meine Fenster bricht
Französisch heitres Tageslicht;
Es kommt mein Weib, schön wie der Morgen,
Und lächelt fort die deutschen Sorgen.

밤에 독일을 생각하느라고
나는 잠을 이루지 못한다.

눈을 감을 수도 없으며,
뜨거운 눈물이 흘러내린다.

얼마나 많은 해가 갔는기,
어머니를 만나지 못하고.
열두 해가 와서 가면서
그립고 아쉬운 마음 키웠다.

그립고 아쉬운 마음 크는 동안,
연로하신 어머님 나를 사로잡았다.
나는 언제나 생각한다, 연로하신,
어머님을 하나님이 돌보신다고.

나를 너무나도 사랑하는 연로하신
어머님께서 써 보내신 편지
글씨를 보면 손이 떨렸으니
어머님 마음 얼마나 흔들렸을까.

어머님은 언제나 내 마음에
열두 해가 지나가는 동안에,
열두 해나 되는 오랜 기간 내내
어머님을 마음속에 모셨다.

독일은 영원한 나라이다.
참으로 튼튼하고 건강하다.
떡갈나무와 보리수와 함께.
나는 어느 때든 다시 찾으리라.

나는 독일을 그리워하지 않으리라,
어머님이 거기 계시지 않으면,

조국 독일은 망하지 않으리라.
어머님은 돌아가실 수 있지만.

내가 나라를 떠나 있는 동안
많은 사람이 무덤에 묻혔다.
사랑하는 그 사람들을 헤아리니,
내 마음이 상처를 입는다.

몇인지 세어보아야 하겠는데,
고통이 심해질까 염려되고,
시체들이 일어나 다가오는 것 같다.
하나님이시여 돌보아주소서.

하나님이시여 돌보아주소서,
내 창 너머 프랑스는 빛난다.
아침처럼 아름다운 아내가 다가와
웃음으로 독일인의 근심을 없앤다.

 하이네는 독일 낭만주의 시인이다. 정치적인 박해를 피해 프
랑스에 망명하고 있을 때 어머니와 조국을 동일시하면서 어머니
를 더 생각하는 이런 시를 지었다. 생각이 많아 시가 길어졌다.
 제1연에서 독일을 말하고, 제2연에서 제4연까지는 어머니만
생각하다가 제5연에서 독일로 생각을 돌렸다. 제7연에서 어
머니가 없으면 독일을 그리워하지 않는다고 하고서, 어머니는
돌아가실 수 있어도 독일은 망하지 않으리라고 했다. 어머니
의 생존 기간을 넘어서서 독일은 영원하기를 바랐다. 제8·9
연에서는 어머니가 아닌 다른 사람들도 생각했다. 사랑하는
사람들이 세상을 떠난 것을 아쉬워했다.
 제9연까지는 절망의 밤이 이어지다가, 마지막의 제10연
에서 반전이 일어났다. 창밖에서 프랑스의 날이 밝았다고 했

다. 프랑스의 아내가 웃으면서 다가와 독일인의 근심이 사라
지게 한다고 말했다.

헤세Hermann Hesse, 〈어머니 정원에 서 있는Im Garten
meiner Mutter steht〉

Im Garten meiner Mutter steht
ein weisser Birkenbaum.
Ein leiser Wind im Laube geht,
so leis man hört ihn kaum.

Meine Mutter in den Wegen geht,
mit Trauer her und hin.
Und in Gedanken suchen geht,
sie weiss nicht wo ich bin.

Mich treibet eine dunkle Schuld
umher in Schmach und Not.
Mein Mütterlein hab Du Geduld
und denk ich wäre tot.

어머니의 정원에 서 있는
흰 자작나무 한 그루.
소리 들리지 않게 나직이,
원두막을 지나는 바람.

어머니는 길을 가신다,
슬픔에 겨워 이리 저리,
생각하면서 찾아다니신다,
내가 어디 있는지.

책임감이 나를 몰아친다,

치욕과 결핍을 휘감으면서.
어머님 참고 견디시면서
내가 죽었다고 여기세요.

독일 현대 작가이면서 시인인 헤세가 어머니와 헤어져 그리워하는 시를 이렇게 지었다. 제1연에서는 어머니와 함께 있는 풍경을 그리고 그리움의 대상으로 삼았다. 제2연에서는 어머니가 자기를 찾고 있을 것을 생각하면서 마음 아파했다. 제3연에서는 어머니를 모시지 못하고 떠난 책임감, 치욕, 결핍을 절감해 시달리면서, 어머니에게 자기가 죽었다고 여기고 참고 지내라고 말했다. 어떤 사연이 있는지 밝히지는 않고, 어머니와의 이별이 처참하다고 했다.

전봉건, 〈뼈저린 꿈에서만〉

그리라 하면
그리겠습니다.
개울물에 어리는 풀포기 하나
개울 속에 빛나는 돌멩이 하나
그렇습니다 고향의 것이라면
무엇 하나 빠뜨리지 않고
지금도 똑똑하게 틀리는 일 없이
얼마든지 그리겠습니다.

말을 하라면
말하겠습니다.
우물가에 늘어선 미루나무는 여섯 그루
우물 속에 노니는 큰 붕어도 여섯 마리
그렇습니다 고향의 일이라면

무엇 하나도 빠뜨리지 않고
지금도 생생하게 틀리는 일 없이
얼마든지 말하겠습니다.

마당 끝 큰 홰나무 아래로
삶은 강냉이 한 바가지 드시고
나를 찾으시던 어머님의 모습
가만히 옮기시던
그 발걸음 하나하나
조용히 웃으시던
그 얼굴의 빛 무늬 하나하나
나는 지금도 말하고 그릴 수가 있습니다.

그러나 아무리 애써도 한 가지만은
그러나 아무리 몸부림쳐도 그것만은
내가 그리질 못하고 말도 못합니다.
강이 산으로 변하길 두 번
산이 강으로 변하길 두 번
그리고도 더 많은 흐른 세월이
가로 세로 파놓은 어머님 이마의
어둡고 아픈 주름살.

어머님
꿈에 보는 어머님 주름살을
말로 하려면 목이 먼저 메이고
어머님
꿈에 보는 어머님 주름살을
그림으로 그리려면 눈앞이 먼저 흐려집니다.
아아 이십육 년
뼈저린 꿈에서만 뵈시는 어머님이시여.

이 시를 지은 전봉건은 한국 현대시인이다. 평안남도 안주 출신인데, 남북 분단 후에 남쪽으로 내려와 실향민이 되었다. 고향을 그리워하고 어머니를 생각하는 심정을 이 시에서 나타냈다. 제1·2연에서 고향의 모습을 세세하게 그리고 말할 수 있다고 하고, 제3연부터는 어머니를 그리움의 대상으로 삼아 더욱 절실한 사연을 술회했다. 어머니의 주름살을 꿈에서 보고 괴로워한다고 절규했다.

김규동, 〈북에서 온 어머님 편지〉

꿈에 네가 왔더라
스물세 살 때 훌쩍 떠난 네가
마흔일곱 살 나그네 되어
네가 왔더라
살아생전에 만나라도 보았으면
허구한 날 근심만 하던 네가 왔더라
너는 울기만 하더라
내 무릎에 머리를 묻고
한마디 말도 없이
어린애처럼 그저 울기만 하더라
목놓아 울기만 하더라
네가 어쩌면 그처럼 여위었느냐
멀고먼 날들을 죽지 않고 살아서
네가 날 찾아 정말 왔더라
너는 내게 말하더라
다신 어머니 곁을 떠나지 않겠노라고
눈물어린 두 눈이
그렇게 말하더라 말하더라.

김규동은 한국 현대시인이다. 어머니를 두고 월남해 늘 그리워하는 마음을 이 시에 나타냈다. 어머니를 꿈에서나 본다고 하지 않고, 어머니가 자기를 꿈에 보았다고 하는 편지를 받았다고 했다. 꿈에나 있을 일을 사실인 듯이 말해 안타까움을 더 크게 했다.

신경림, 〈어머니 나는 고향 땅에 돌아가지 못합니다〉

어머니 나는 고향땅에 돌아가지 못합니다
─휴전선을 떠도는 혼령의 말

어머니
나는 어머니가 계시는 고향땅에 돌아가지 못합니다.
밤나무숲 오솔길을 지나 산기슭에
아버지와 함께 묻히신 그 고향땅에 돌아가지 못합니다.
내가 묻힌 땅, 내 피가 스민 흙을 밟고 지나갈
수백만 형제들의 발자국소리를 들어야 합니다.
탱크소리가 아닌, 군홧발소리가 아닌
춤추던 가벼운, 기쁨에 들뜬 발자국소리를 들어야 합니다.
어머니
나는 만세소리를 들어야 합니다.
터지는 포탄소리와 총소리가 아닌
감격과 기쁨의 만세소리를 들어야 합니다.
내 뼈와 살이 썩은 흙 위에서
형제들 얼싸안고 뒹구는 통곡소리를 들어야 합니다.
긴 사십 해 그리웠던 그리웠던 이름 외쳐 부르며
목놓아 우는 울음소리를 들어야 합니다.
어머니
나는 보아야 합니다.

어른 아이 늙은이 젊은이 사내 계집 얼려
월워리청청 강강수월래에 맞춰 빙빙 돌아가는
끝없이 멀리 뻗친 크고 큰 춤을 보아야 합니다.
내 뼈를 쿵쿵 울릴 그 힘찬 춤을 보아야 합니다.
우릴 업수이 본 자들은 우릴 속인 자들을
두려워 떨게 할 그 춤을 보아야 합니다.
어머니
나는 노랫소리를 들어야 합니다.
어둠 따위 가시밭 따위 불바다 따위 단숨에 몰아낼
그 큰 노랫소리를 들어야 합니다.
그 노랫소리에 놀라 도망칠
비겁한 무리들의 초라한 뒷모습을 보아야 합니다.
어머니
이 춥고 어두운 땅 속에 묻혀서
또는 구만 리 적막한 황천을 떠돌며
그날이 오기까지 나는 고향땅에 돌아가지 못합니다.
그 발자국소리 그 노랫소리 듣기까지
형제들의 그 큰 춤 보기까지
나는 어머니가 계신 고향땅에 돌아가지 못합니다.

  신경림은 한국 현대시인이다. 이 시에서 고향의 어머니를 부
르면서 고향에 가고 싶다고 하지 않고 가지 못한다고 했다. 싸
우다가 희생되어 휴전선에 묻힌 사람이 하는 말이다. 죽은 몸
이 갈 수 없다. 혼령이라도 고향에 가서 어머니를 만나고 싶다
고 하는 것이 마땅할 것인데, 갈 수 없다고 하고, 가기를 원하
지 않는다고 뇌었다. 휴전선에 죽은 채로 누워, 그리웠던 사람
들이 만나 춤을 추는 것을 보아야 한다고 했다. 휴전선을 무너
뜨리고 통일이 이루어지기를 염원한다고 술회했다.

제7장
저승의 어머니 못 잊어

김동명, 〈꿈에〉

꿈에
어머니를 뵈옵다

깨니
고향 길이 일천리.

명도(冥途)는
더욱 멀어.

창밖에
가을비 나리다.

오동잎,
포구와 함께 젖다.

향수
따라 젖다.

　　한국 근대시인 김동명은 이런 시를 지었다. 천리나 되는 고향을 꿈에 가서 어머니를 뵈오니 "명도(冥途)는 더욱 멀어"라고 했다. 어머니는 고향에 있지 않고 저승에 가서 찾아갈 길이 더 멀다고 일렀다. 가을비 내리고 오동잎이 젖는 날 고향이 그립고, 어머니는 더 그립다고 했다.

김초혜, 〈어머니 17〉

안 감기는 눈

감으시고
감은 채
떠난 어머니
골수가 흐르게
아파와도
약으로 나을 병
아니라시며
약 없이
천명(天命)으로
견디신 어머니
어머니 떠나신 후
생명 안에서
죽음 속에서
생명을 풀어가며 삽니다

  김초혜는 한국 현대시인이다. 어머니에 관한 시를 연작으로
썼다. 그 가운데 하나인 이 시에서 병이 들었어도 약 없이 견
디다가 떠난 어머니를 살뜰하게 그리워했다.

박경리, 〈어머니〉

어머니 생전에 불효막심했던 나는
사별 후 삼십여 년
꿈속에서 어머니를 찾아 헤매었다
고향 옛집을 찾아가기도 하고
서울 살았을 때의 동네를 찾아가기도 하고
피난 가서 하룻밤을 묵었던
관악산 절간을 찾아가기도 하고
어떤 때는 전혀 알지 못할 곳을

애타게 찾아 헤매기도 했다
언제나 그 꿈길은
황량하고 삭막하고 아득했다
그러나 한 번도 어머니를 만난 적이 없다
꿈에서 깨면
아아 어머니는 돌아가셨지
그 사실이 얼마나 절실한지
마치 생살이 찢겨나가는 듯했다
불효막심했던 나의 회한
불효막심의 형벌로써
이렇게 나를 사로잡아 놓아주지도 않고
꿈을 꾸게 하나 보다

박경리는 한국의 현대소설가이다. 이따금 시도 써서 이런 작품이 있다. 세상을 떠난 지 삼십 년이 된 어머니를 꿈에서 찾아다닌다고 하면서 소설가답게 전후에 일어난 일을 들려주었다. 불효했다고 생각하니 어머니가 더욱 그리웠다.

이무원, 〈밥〉

어머니 누워 계신 봉분(封墳)
고봉밥 같다
꽁보리밥
풋나물죽
먹어도 먹어도 배가 고픈데
늘 남아도는 밥이 있었다
더 먹어라
많이 먹어라
나는 배 안 고프다

남아돌던
어머니의 밥
저승에 가셔도 배곯으셨나
옆구리가 약간 기울었다

　이무원은 한국 현대시인이다. 어머니의 무덤을 보고 "고봉밥
같다"고 하는 전에 누구도 하지 않던 말을 하고, 기막힌 사연
을 토로했다. 어머니가 자식을 먹이려고 밥을 남겨 배를 곯았
던 것을 생각하고 안타깝게 여겼다.

키츠John Keats, 〈동화 같은 노래Fairy Songs〉

　I

Shed no tear! oh, shed no tear!
The flower will bloom another year.
Weep no more! oh, weep no more!
Young buds sleep in the root's white core.
Dry your eyes! oh, dry your eyes!
For I was taught in Paradise
To ease my breast of melodies...
Shed no tear.

Overhead! look overhead!
'Mong the blossoms white and red...
Look up, look up! I flutter now
On this fresh pomegranate bough.
See me! 'tis this silvery bill
Ever cures the good man's ill.
Shed no tear! oh, shed no tear!
The flower will bloom another year.
Adieu, adieu ... I fly ... adieu!

I vanish in the heaven's blue, ...
Adieu, adieu!

II

Ah! woe is me! poor silver—wing!
That I must chant thy lady's dirge,
And death to this fair haunt of spring,
Of melody, and streams of flowery verge,,,,,
'Poor silver—wing! ah! woe is me!
That I must see
These blossoms snow upon thy lady's pall
Go, pretty page! and in her ear
Whisper that the hour is near!
Softly tell her not to fear
Such calm favonian burial!
Go, pretty page! and soothly tell,...
The blossoms hang by a melting spell,
And fall they must, ere a star wink thrice
Upon her closed eyes,
That now in vain are weeping their last tears,
At sweet life leaving, and these arbours green,...
Rich dowry from the Spirit of the Spheres,
Alas! poor Queen!

I

눈물을 흘리지 말아라! 오, 눈물을 흘리지 말아라!
꽃은 다음 해에도 핀다.
더 울지 말아라! 오, 더 울지 말아라!
어린 싹이 뿌리의 백색 구근에서 잠자고 있다.
눈을 씻어라! 오, 눈을 씻어라!
나는 천국에서 가르침을 받고,
음악을 들으면서 마음이 편안하니,

눈물을 흘리지 말아라.

머리를 들어라! 머리를 들고 쳐다보아라!
희고 붉은 꽃들 사이를
올려보아라, 올려보아라! 나는 지금 날아간다.
이 산뜻한 석류나무 가지 위의
나를 보아라! 이 은빛 부리로
언제나 착한 사람의 병을 낫게 한다.
눈물을 흘리지 말아라! 오, 눈물을 흘리지 말아라!
꽃은 다음 해에도 핀다.
잘 있어라, 잘 있어라... 나는 날아간다... 잘 있어라.
나는 푸른 하늘로 사라진다...
잘 있어라, 잘 있어라!

II

아, 나는 슬프다! 가여운 은빛 날개!
어머님을 위한 장송곡을 불러야 한다.
봄날에 돌아가신 빛바랜 혼령에게 드리는
꽃핀 길가에서 흐르는 시냇물의 곡조로.
가여운 은빛 날개! 아, 나는 슬프다.
이제는 보아야 한다,
어머니의 관을 덮은 천에 꽃이 눈처럼 내리는 것을.
아름다운 시절이여, 가거라!
어머님의 귀에다 시간이 가까워왔다고 속삭여라!
어머님에게 두려워 말라고 해라.
조용하고 부드럽게 매장한다고 해라.
아름다운 시절이여, 가거라! 그리고 부드럽게 말해라...
눈물을 자아내는 주술에 걸린 꽃들이
떨어지지 않을 수 없다. 별이 두 번
감고 있는 어머니의 눈앞에서 반짝이기 전에.

이제 마지막으로 눈물을 흘리고 울어도 부질없다.
향기롭게 살던 분이 떠나가니, 수목은 푸르다.
하늘나라의 정신에서 가져온 지참금이 많으신 분,
아, 가여운 여왕님이시여.

키츠는 영국 19세기 낭만주의 시인이다. 어머니의 죽음에
관한 시를 두 수 지었다. I은 떠나가는 어머니가 자식에게 하
는 말이다. II는 자식이 떠나가는 어머니를 보고 하는 말이다.

I에서 어머니는 새가 되어 즐겁게 날아간다고 했다. 은빛 부
리로 착한 사람의 병을 낫게 한다고 했다. 제목에서 알린 바와
같이 동화 같은 이야기를 전했다. II에서 그 말을 받아 새가 되
어 날아가는 것이 가엾다고 했다. 그 전후 II에서 한 말에는 교
묘하게 다듬어 이해하기 어렵고 번역하기 난감한 것들이 적지
않다.

"thy lady"s dirge"라는 말은 직역해 "그대의, 부인의 장송
곡"이라고 하면 아주 어색하므로 "어머니의 장송곡"이라고 했
다. "And death to this fair haunt of spring, Of melody,
and streams of flowery verge,"는 무슨 말인가? "봄날에
돌아가신 빛바랜 혼령에게 드리는 꽃핀 길가에서 흐르는 시냇
물의 곡조로" 노래한다고 이해하고 번역해도 되는지 의문이
다. "page"에 "an important event or period of time as
a page of history"라는 뜻이 있는 것을 근거로 "Go, pretty
page!"를 "아름다운 시절이여, 가라"라고 옮겼다. 어머니가
살아 있던 아름다운 시절이 사라지면서 어머니에게 말을 하라
고 한 것으로 이해한다.

"The blossoms hang by a melting spell"은 "눈물을 자
아내는 주술에 걸린 꽃들"이라고 번역해도 무슨 뜻인지 알기
어려워 설명이 필요하다. 어머니의 관 위에 얹힌 꽃이 눈물
을 자아내는 주술에 걸려 그대로 있다고 하고, 다음 줄에서 관
을 내리면 관 위의 꽃이 떨어지지 않을 수 없다고 했다. "Rich
dowry from the Spirit of the Spheres"를 "하늘나라의 정

신에서 가져온 지참금이 많으신 분"이라고 한 것노 설넝니 필요하다. 어머니가 훌륭한 이유는 하늘나라의 정신을 많이 타고난 데 있다고 하고, 결혼할 때 지참금을 가져온 것과 같다고 했다.

라뮈Auguste Ramus, 〈어버이 사랑Amour filial〉

Tout petit, je disais aux enfants de mon âge :
Vous avez une mère, et moi j'attends en vain
Le retour de la mienne après un long voyage.
Que de fois on me dit : Tu la verras demain.

Je la verrai demain !... Debout avant l'aurore,
Plein de joie et d'amour je lui tendais les bras.
Vains transports !... et le soir je l'attendais encore :
Mais plus tard je compris que tout meurt ici−bas.

Tu la verras demain !... Doux et cruel mensonge !
Un soir elle embrassa ses enfants endormis :
Ce furent ses adieux je n'ai reçu qu'en songe
Ce baiser maternel que l'on m'avait promis.

Elle était morte à l'âge où la vie encor belle,
Pleine encor d'avenir nous sourit. Doux printemps !
Âge d'or ou l'on croit la jeunesse éternelle ;
Où notre âme est pareille à l'âme des enfants.

Inutiles regrets !... Si les jeux de l'enfance,
En me versant l'oubli m'ont souvent consolé.
Jeune homme, j'ai souffert de cette longue absence :
Le foyer est désert, l'ange s'est envolé,

Disais-je ; et dans la nuit quand le ciel étincelle,
Sur l'horizon brillant je fixais mon regard,
Et je cherchais longtemps l'étoile la plus belle,
Pour saluer ma mère, et pleurer à l'écart.

아주 어릴 적에 나는 내 또래의 아이들에게 말했다.
너희들은 어머니가 있는데, 나는 기다려도 소용이 없다.
너의 어머니는 먼 여행을 마치고 돌아올 것이라고,
사람들이 여러 번 내게 말했다. 내일은 만날 것이라고.

내일 어머니를 만난다고! 새벽이 되기 전에 일어나
기쁨과 사랑에 들떠, 나는 팔을 벌리고 기다렸다.
그러나 헛일이었다... 나는 저녁에도 다시 기다렸다.
나중에야 나는 알았다, 이 세상에서 사라진 것을.

너는 내일 만날 것이라고! 달콤하고 잔인한 거짓말!
어느 날 밤 어머니는 잠든 자식들을 껴안았다.
나는 꿈속에서야 어머니와 인사를 할 수 있었다.
사람들이 내게 말로 약속한 어머니의 입맞춤을.

어머니는 삶이 아름다운 시절에 돌아가셨다.
미소짓게 하는 미래가 가득한, 감미로운 봄에!
청춘이 영원하리라고 믿게 하는 황금 시절에,
누구나 어린아이 같은 마음을 지닌 좋은 때에.

유감이어도 소용없다. 어린 시절에는 놀이가
망각을 가져다주고 이따금 위로를 해주었는데,
젊은이가 되자 어머니의 오랜 부재로 괴로워한다.
가정이 황폐해지고, 천사는 날아가버렸다.

나는 말했다. 하늘이 반짝이는 이런 밤이면,

빛이 나는 지평선 쪽을 줄곧 바라보면서,
나는 오랫동안 가장 아름다운 별을 찾았다.
어머니에게 인사드리려고, 멀리서 울려고.

  라뮈는 프랑스 19세기 시인이다. 어머니가 세상 떠나고 없
는 슬픔을 애절하게 말했다. 어려서는 어머니가 먼 여행에서
돌아온다고 해서 기다리고 있었다고 하고, 자라서는 밤 하늘
에서 빛나는 가장 아름다운 별을 어머니라고 여기고 인사드리
고 멀리서 운다는 앞뒤의 말이 모두 독자의 눈물을 자아낸다.
어머니 생각은 가장 원초적인 감정임을 확인해준다.

제8장
사랑을 잃게 되어

작자 미상, 〈가시리〉

가시리 가시리잇고?
버리고 가시리잇고?

날러는 어찌 살라고
버리고 가시리잇고?

잡사와 두어리마는
선하면 아니 올세라,

섧온 님 보내옵나니
가시는 듯 돌아오소서.

　이 작품은 고려시대에 부르던 작자 미상의 민요이다. 원래의
말을 살려두고 정서법만 바꾸어 적었다. 이해를 돕기 위해 현
대역이 필요한 대목이 더러 있다. "가시리잇고?"는 "가시렵니
까?", "날러는"은 "나더러는", "선하면"은 "싫어지면", "섧온"
은 "서러운"이다. "잡사와"는 잡히는 상대방을 존대하는, 현대
어에는 없는 어법이다.
　이별의 시에는 떠나는 벗을 위한 송별시도 있고, 님과 헤어
져야 하는 결별시도 있다. 벗은 떠나가도 우정이 지속되므로
송별시는 편안한 마음으로 지어 다시 만나자고 할 수 있다. 사
랑하는 님이 애정이 끝나 떠나는 결별시에서는 절망의 눈물을
흘리지 않을 수 없으며 재회를 기약하지 못한다.
　제1연에서 "버리고 가시리잇고?"라고 하고, 제2연에서 "날
러는 어찌 살라고 버리고 가시리잇고?"라고 한 것은 결별시
의 전형적인 모습이다. 그런데도 눈물을 흘리면서 울부짖지
않고, 제3연에서 잡아두지 않고 보낸다고 하고, 제4연에서는
가는 듯이 돌아오라고 하소연했다. 원망을 숨기고 태연한 자
세를 보이면서, 결별시를 송별시처럼 지어 떠나는 님의 마음
을 움직이려고 했다.

김소월, 〈진달래꽃〉

나 보기가 역겨워
가실 때에는
말없이 고이 보내드리우리다.

영변(寧邊)에 약산(藥山)
진달래꽃
아름 따다 가실 길에 뿌리우리다.

가시는 걸음걸음
놓은 그 꽃을
사뿐히 즈려 밟고 가시옵소서.

나 보기가 역겨워
가실 때에는
죽어도 아니 눈물 흘리우리다.

　시대 차이가 많이 있는 이 작품을 〈가시리〉에 이어서 다루는
것은 결별시를 송별시처럼 지은 공통점이 있기 때문이다. 제1
연에서 "보내드리우리다"라고 하고, 제3연에서 "가시옵소서"
라고 한 것은 송별시에서 할 만한 말이다.
　그러나 "말없이 고이", "사뿐히 즈려 밟고"라고 하는 덧말이
있어, 결별시를 송별시처럼 지은 것은 위장임이 드러난다. 님
이 떠나가는 자기 고장 "영변(寧邊)에 약산(藥山)" 진달래꽃을
따다가 님이 가는 길에 뿌리겠다는 것은 겉으로는 축복이지만
속으로는 원망이고 자학이다. "죽어도 아니 눈물 흘리우리다"
라고 한 것은 반어이다. 결별을 견딜 수 없는 심정을 감추고
없는 듯이 위장한 것을 누구나 알아 함께 울먹이게 한다.
　〈가시리〉에서 결별시를 송별시처럼 지어 떠나는 님의 마음

을 움직이려고 한 것이 여기서는 절반쯤만 타당하다. 나머지 절반에서는 님을 보내야 하는 슬픔을 표면에서는 부정하는 반어로 한층 심각하게 나타냈다.

정지상(鄭知常), 〈가는 사람 보내면서(送人)〉

雨歇長堤草色多
送君南浦動悲歌
大同江水何時盡
別淚年年添綠波

비 개인 긴 언덕에 풀빛이 많다.
그대를 남포로 보내자 슬픈 노래 울먹인다.
대동강 물은 어느 때 다 없어질 것인가?
이별의 눈물이 해마다 푸른 물결에 덧보태지니.

긴 언덕 비 개자 풀빛도 새로운데,
남포로 임 보내자 슬픈 노래 울먹인다.
대동강 푸른 물결 그칠 날이 없구나.
이별의 눈물 흘려 해마다 보태니.

앞에서 든 정지상, 〈가는 사람 보내면서〉와 이 작품은 작자가 같고 제목도 같으며 "남포"라는 지명이 양쪽에 다 나오지만, 하나는 떠나는 벗을 위한 송별시이고, 또 하나는 님과 헤어져야 하는 결별시이다. 떠나는 사람을 눈물을 흘리면서 보내고, 다시 만나자는 기약이 없는 것이 결별시임을 말해주는 증거이다.

이번에는 번역을 두 번 한다. 앞의 것은 원문 해독용 직역이고, 뒤의 것은 시로 읽을 만하게 만든 의역이다. "풀빛이 많다"는 말이 어색하다. "풀빛도 새로워라"라고 하면 겉으로는 다르지만 속으로는 더 가깝다. "그대"는 "님"이라고 하는 것이 너 적합하다. "남포로 보내니"인지 "남포에서 보내니"인지 가려 말하지 않았다. 비 개인 언덕이 이별하는 장소라고 보면 "남포로 보내니"를 선택하는 편이 적절하다. "슬픈 노래 움직인다"는 "슬픈 노래 울먹인다"고 바꾸는 것이 좋다.

"긴 언덕 비 개자 풀빛도 새로운데"는 세 가지 의미가 있다. (가) 좋은 시절 아름다운 곳에서 이별하니 안타깝다. (나) 좋은 시절의 아름다움을 눈으로 보는 것과 마음속에서 슬픈 노래가 울먹이는 것이 극단의 대조를 이루어 이별이 부당하다고 강조해 말한다. (다) 좋은 시절의 아름다움은 두고 가는 사람을 암시한다고 이해할 수도 있다. 좋은 시절의 아름다움을 누리고 있는 자기를 두고 님이 떠나간다는 원망을 넌지시 나타내려고 비유로 삼을 만한 자연물을 선택했다고 할 수 있다. (가)만이면 벗과의 작별을 말했다고 할 수 있으나, (나)를 보태고 (다)까지 생각하면 여기서는 남녀의 이별을 노래했다. 아름다운 자기를 버리고 떠나가는 님을 원망했다.

그런데도 가는 사람이 가지 말라고 말리지 않고 남포로 보낸다고 했다. 남포는 배를 타고 멀리 가는 항구이다. 님이 떠나가는 이유가 사랑하는 여인을 바꾸려는 것이 아니다. 사랑을 버리고 떠나가지 않을 수 없는 사정이 있는 줄 알기 때문에 말릴 수 없는 것이다. 무엇인지 직접 말하지 않고, 해마다 이별의 눈물이 대동강 물을 보탠다고 한 데서 심각한 사정을 암시해, 알아내려면 시야를 확대해야 한다.

남포로 나아가는 대동강 가의 서경은 서울인 개경의 압박과 침탈을 받는 곳이었다. 나라에서 동원하거나 스스로 유랑해 해마다 서경을 떠나야 하는 사람들이 너무 많아 이별의 눈물이 대동강에 흘러내린다고 했다. 대동강 푸른 물결이 없어지지 않듯이 수난의 역사가 이어진다고 했다. 이 시는 이별의 노래로 수난을 고발하는 수많은 작품의 모형이라고 할 수 있다.

황진이(黃眞伊), 〈**소판서와 이별하고**(奉別蘇判書世讓)〉

月下梧桐盡
霜中野菊黃
樓高天一尺
人醉酒千觴
流水和琴冷
梅花入笛香
明朝相別後
情與碧波長

달빛 아래 오동잎 모두 지고
서리맞은 들국화는 시들어가네.
누각이 하늘로 한 자나 높아지고
사람은 취해 술을 천 잔이나 마시네.
흐르는 물은 거문고와 어울려 차고,
매화는 피리에 스며들어 향기롭네,
내일 아침 서로 헤어진 다음
정이 푸른 물결인 양 길어지리.

　황진이는 한국 조선시대 기녀시인이다. 사랑하는 사람(소세양 판서)이 떠나갈 때 이 시를 지었다. 이별의 계절인 늦가을이다. 누각이 하늘로 한 자나 더 높아진다는 것은 취하고도 계속 술을 마시기 때문에 생기는 고양된 느낌이다. 물 흐르고 매화 핀 곳에서 거문고 타고 피리 불어 둘이 하나가 되니 즐겁기만 하다. 그런데 내일이면 헤어져야 한다. 헤어지면 그리워하는 정이 푸른 물결처럼 길어지리라고 했다.

황진이(黃眞伊), 〈**어저 내 일이여...**〉

어저 내 일이여 그릴 줄 모르더냐

있으랴 하더면 가랴마는 제 구태여
보내고 그리는 정은 나도 몰라 하노라

    황진이가 이런 시조도 지었다. 여기서는 스스로 이별을 선택하고 후회하는 마음을 나타냈다. "어저 내 일이여"라는 말을 서두로 삼아 낭패하는 심정을 전하고, 무슨 일이 있었는지 알렸다. "제 구태여"는 양쪽에 다 걸려, 형식으로는 중장 말미이고, 내용에서는 종장 서두이다. 머뭇거리다가 한 행동을 적절하게 나타내는 표현을 얻었다.

    "보내고 그리는 정"이란 사랑의 특징인 역설이다. 예사로 하는 말을 아무런 꾸밈새 없이 그대로 적었는데, 구구절절이 절실한 사연이다. 체험의 진실성이 선행해 자연스럽게 얻은 결실이다. 표현을 꾸미고 다듬어서는 이런 경지에 이를 수 없다.

예이츠William Butler Yeats, 〈사랑을 잃고 연인이 슬퍼한다The Lover Mourns For The Loss Of Love〉

Pale brows, still hands and dim hair,
I had a beautiful friend
And dreamed that the old despair
Would end in love in the end:
She looked in my heart one day
And saw your image was there;
She has gone weeping away.

창백한 눈썹, 조용한 손, 어두운 머리칼,
나는 아름다운 동반자를 만나,
지난날의 절망이 사랑 덕분에
마침내 없어지리라는 꿈을 꾸었다.
그 여자는 어느 날 내 마음을 들여다보고

네 모습이 거기 있구나 하고 알아차렸다.
그 여자는 울면서 떠나버렸다.

예이츠는 널리 알려진 아일랜드 시인이다. 제목은 길고 본
문은 짧은 이 시에서 사랑에 대한 기대가 무너지고 사랑하는
사람이 떠나버린 슬픔을 미묘한 착상과 표현을 갖추어 나타냈
다. 시 창작이 심오한 경지에 이른 것을 보여주었다.

"너의 모습이 거기 있구나"는 그 여자가 마음속으로 한 말인
데 따옴표로 묶지 않았다. 외모에 이끌려 접근해서 자기 절망
을 없애려고 하는 속셈을 알아차렸다는 말이다. 그 때문에 여
자는 울면서 떠나버렸다고 하고 시가 끝났다.

너무 짧은 시이다. 그러나 할 수 있는 말은 했다. 서로 다른
생각 때문에 사랑이 제대로 성숙되지도 못하고 파탄에 이른다
고 알려주었다. 울면서 떠나버린 여자는 어떤 사랑을 바랐는
지 말하지 않았다. 말하기 어렵기 때문이다. 그 여자 자신도
조리 있게 말하지 못할 그 무엇에 관해 시인이 나서서 함부로
떠들 수 없다. 말의 효용이 어디서 끝나는지 알려주면 시인이
할 일을 한다.

작자 미상, 〈울며 잡는...〉

울며 잡는 소매 떨치고 가지 마소.
초원 장제에 해 다 저물었네.
객창에 잔등 돋우고 새워보면 알리라.

작자 미상의 한국의 고시조이다. 울며 잡는 소매를 떨치고
가지 말라고 하고, 그러면 어떻게 되는지 시간의 경과와 함께
장면을 바꾸어 말한다. 중장에서는 멀리까지 트여 있는 "초원
(草原) 장제(長堤)"에 해가저문다고 한다. 종장에서는 "객창(客
窓)에 잔등(殘燈) 돋우고" 밤을 새운다고 하는 곳은 공간이 막

어 있다. 밑티까지 드어 무틱내꾜 가나가, 믹혀 있사 모드린 것을 알게 된다.

무엇을 아는가는 생략되어 있다. 할 말을 다 할 수 없어 생략하고, 독자가 알아내게 한다. 이별이 무엇인지 독자가 생각하게 한다.

작자 미상, 〈나무도 바위 돌도...〉

나무도 바위 돌도 없는 뫼에 매게 쫓긴 까투리 안과
대천 바다 한가운데 일천 석 실은 배에 노도 잃고 닻도
잃고 용총도 끊고 돛대도 끊고 치도 빠지고 바람
불어 물결 치고 안개 쉬섞여 잦아진 날에 갈 길은
천리만리 남은데 사면은 검어어둑 천지 적막 까
치노을 떴는데 수적 만난 도사공 안과
엊그제 임 여인 내 안이야 어디다 가을하리오

작자 미상의 한국의 사설시조이다. 사설시조답게 단순한 구조를 교묘하게 활용하면서 많은 말을 한다. 초장 말미의 "까투리 안과", 중장 말미의 "도사공 안과", 종장의 "내 안이야", "어디다 가을하리오"라고 한다. "안"은 "마음"이다. "가을하리오"는 "견주리오"이다. 까투리의 마음, 도사공의 마음, 자기의 마음은 너무 절박해 견주어 말할 데가 없다고 했다. 까투리의 마음, 도사공의 마음, 자기의 마음을 동격으로 열거해 자기의 마음을 이미 그 둘에 견주어 말하고서, 견주어 말할 데가 없다고 한 것은 앞뒤가 어긋난다. 앞뒤가 어긋나는 줄도 모르고 이말 저말 해서 다급한 심정을 더 잘 나타낸다.

초장에서는 "나무도 바위 돌도 없는 뫼에 매게 쫓긴 까투리 안"을 말했다. 죽지 않고 살아날 길이 없는 상황이다. 종장에서는 "엊그제 임 여인 내 안"을 말했다. 이 둘만 연결시켜도 무엇을 제시하는지 알 수 있는데, 초장과 중장 사이에 길게 이어지는 중장이 있다. 중장에서 "도사공의 안"에 관해 하는 말은 너무 장황해 몇 토막으로 나누어 살필 필요가 있다.

"대천(大川) 바다 한가운데"는 넓은 바다에 나섰다는 말이다. "일천 석 실은"은 짐이 과도하다는 말이다. "노도 잃고 닻도 잃고 용총도 끊고 돛대도 끊고 키도 빠지고"는 배 여러 곳에 고장이 생겨 항해 불능 상태라는 말이다. "바람 불어 물결 치고 안개 쉬섞여 잦아진 날"은 기상 조건이 아주 나쁘다는 말이다. "갈 길은 천리만리 남은데"는 목적지까지 많이 남았다는 말이다. "사면은 검어어둑 천지적막 까치노을 떴는데"는 날이 저문다는 말이다. 그런 상황에서 바다 도적 "수적(水賊)"을 만났다고 한다.

도사공의 마음을 내 마음보다 훨씬 길게 말한 것은 무슨 까닭인가? 내 마음을 그냥 말하면 말이 막힌다. 신음 소리만 늘어놓고 말 수는 없다. 도사공의 마음에다 견주어 내 마음을 말해야 말이 이어지고, 전후의 상황을 알릴 수 있고, 탄식을 하면서 자기를 돌아볼 수 있다. 인생 항해에서 누구나 이 도사공과 같은 수난을 당할 수 있다. 수난 당하는 사태를 파악하면 희망이 생길 수 있다. 까투리의 마음을 생각하다가 도사공의 마음으로 옮아가고 자기의 마음을 되돌아보는 것은 불행에 매몰되지 않은 열린 의식을 지녔기 때문이다.

제9장
잊기 어려운 기억

작자 미상, 〈각시네 더위들 사시오...〉

각시네 더위들 사시오. 이른 더위, 늦은 더위, 여러 해 묵은
더위, 오뉴월 복 더위에 정의 님 만나니 털 밝은 평상 위
에 칭칭 감겨 누웠다가 무슨 일 하였던지 오장이
번열하여 구슬 땀 흘리면서 헐떡이는 그 더위와,
동짓달 긴긴 밤에 고은 님 품에 품어 따스한 아
랫목과 두터운 이불 속에 두 몸이 한 몸 되어 그
러저러 하니 수족이 답답하고 목구멍이 타 올 적
에 찬 숭늉을 벌컥벌컥 켜는
더위, 각시에 사려거든 소견대로 사시옵소.
장사야 네 더위 여럿 중에 님 만난 더위 뉘 아니 좋아하
리, 남에게 팔지말고 부디 내게 팔으시소.

　사설시조에 이런 것이 있다. 성행위의 뜨거움을 더위라고 했
다. "정의 임 만나서 달 밝은 평상 위에 칭칭 감겨 누웠다가 무
슨 일 하였던지 오장이 번열하여 구슬 땀 흘리면서 헐떡이는
그 더위", "동짓달 긴긴 밤에 고은 임 품에 품어 따스한 아랫목
과 두터운 이불 속에 두 몸이 한 몸 되어 그러저러 하니 수족
이 답답하고 목구멍이 타 올 적에 찬 숭늉을 벌컥벌컥 켜는 더
위"를 들어 성행위를 묘사했다.

　행위를 하고 더위를 느끼는 주체는 남녀 쌍방으로 하지 않고
여자로 했다. 여자의 행위를 말로 나타내는 사람은 상대방 남
자가 아니고, 물건을 팔러 다니는 행상이다. 여자들에게 필요
한 잡화를 파는 방물장수라는 행상은 여자들의 거처까지 들어
갈 수 있는, 예외적인 특권을 지닌 남자여서 여자들과 잘 하면
별별 수작을 다 나눌 수 있어 흥미로운 상황이 설정되었다. 비
슷한 작품이 여럿 있다.

　행상이 여러 물건 가운데 하나로 더위를 판다고 외쳤다. 각
시네들에게 위에서 든 것 같은 님 만난 더위를 사라고 했다.
그랬더니 적극적인 반응을 보였다. 바라는 바를 행상이 말해

서 반색을 하고 대답했다. "상사야 네 너위 니딧 즁에 임 민닌 더위 뉘 아니 좋아하리, 남에게 팔지 말고 부디 내게 팔으시소"라고 하는 결말에 이르렀다.

더위를 판다는 것은 지어낸 말이다. 님 만난 더위를 각시네가 사겠다고 하는 것은 더욱 있을 수 없는 일이다. 있을 수 없는 일을 지어내 여자의 속마음이 드러나게 하는 기발한 방식으로 삼았다.

다스Kamala Das, 〈켈커타의 여름Summer In Calcutta〉

What is this drink but
The April sun, squeezed
Like an orange in
My glass? I sip the
Fire, I drink and drink
Again, I am drunk
Yes, but on the gold
of suns, What noble
venom now flows through
my veins and fills my
mind with unhurried
laughter? My worries
doze. Wee bubblesring
my glass, like a brides
nervous smile, and meet
my lips. Dear, forgive
this moments lull in
wanting you, the blur
in memory. How
brief the term of my
devotion, how brief
your reign when i with

glass in hand, drink, drink,
and drink again this
Juice of April suns.

이 음료가 무엇인가?
사월의 태양 아니면 무엇인가,
태양을 감귤인 듯이 짜서
내 잔에다 넣었나?
불타는 것을 조금씩
마시고 다시 마시다가
나는 취하고 말았나,
고귀한 독액이
내 혈관을 타고 흐르다가,
여유 있는 웃음으로
내 마음을 채우는가?
온갖 근심을 잠재우고.
잔을 휘감을 거품을,
조심스럽게 웃는 신부인 듯
입술에 가져다 댄다.
그대여, 당신을 원해
지금 이 순간 휴식하도록,
기억에 얼룩을 남기도록
해달라고 해도 용서해요.
내가 헌신하고,
당신은 지배하는 이 시간
얼마나 짧은가.
나는 잔을 손에 잡고
마시고, 마시고 또 마신다.
사월 태양의 뜨거운 주스를.

　다스는 현대 인도의 여성시인이다. 모국어인 말라야람

(Malayalam)과 영어 두 언어로 시를 썼다. 여성의 싱생활에 관해 숨김없이 말해 관심을 모았다. 이 시도 그런 것이다.

〈켈커타의 여름〉이라는 표제는 문자 그대로의 의미를 지니지 않고 지독한 더위를 말한다. 캘커타는 매우 더운 곳이어서 선택된 말이다. "사월의 태양"이라고 한 것은 캘커타에서는 사월에 이미 여름 더위가 시작되기 때문에 한 말이다. 여기서도 성행위의 열기를 더위라고 했다. 그 뜨거움이 캘커타의 여름 같다고 했다. 갖가지 비유를 사용해 다채로운 표현을 갖추었다.

불타는 것을 조금씩 마시고 다시 마시다가 나는 취하고 말았나" 라고 하는 말로 관계의 시작을 알렸다. "고귀한 독액이 내 혈관을 타고 흐르다가 여유 있는 웃음으로 내 마음을 채우는가?"에서 절정을 넘어가는 기쁨을 말했다. "내가 헌신하고, 당신은 지배하는 이 시간 얼마나 짧은가"라고 하면서 서운해 하고, 자기는 다시 태양의 주스를 마신다고 했다.

노아이뉴Anna de Noailles, 〈에로스Eros〉

Hélas ! que la journée est lumineuse et belle!
L'aérien argent partout bout et ruiselle.
N'est-il pas dans l'azur quelque éclatant bonheur
Qui glisse sur la bouche et coule sur le coeur
De ceux qui tout à coup éperdus, joyeux, ivres,
Cherchent quel âpre amour étourdit ou délivre ?
- Mais soudain l'horizon s'emplit d'un vaste espoir.
Tout semble s'empresser, s'enhardir, s'émouvoir :
Il va venir enfin vers l'âme inassouvie
L'Eros aux bras ouverts qui dit : "Je suis la vie!"
Qui dit : "Je suis le sens des instants et des mois,
Touchez-moi, goûtez-moi, mes soeurs, respirez-moi!
Je suis le bord, la fin et le milieu du monde,
Une eau limpide court dans ma bouche profonde,

L'énigme universelle est clarté dans mes yeux,
Je suis le goût brûlant du sang délicieux,
Tout afflue à mon coeur, tout passe par mon crible,
Je suis le ciel certain, l'espace intelligible,
L'orgueil chantant et nu, l'absence de remords,
Et le danseur divin qui conduit à la mort..."

아! 하루 내내 참으로 빛나고 아름답구나!
상서로운 기운이 어디서나 뒤끓고 흐른다.
행복이 창공에서 빛나 넘치는 것이 아닌가?
입술을 스치고, 가슴으로 흘러가면서,
뜻하지 않게 다가와 해방을 가져다주는
열렬한 사랑을 기대하는 여인을 위해서.
갑자기 지평선에 크나큰 희망이 넘치더니
모든 것이 급하고, 대담해지고, 감격스럽다.
충족되지 않은 영혼에게로 마침내 오는구나.
에로스가 팔 벌리고 말한다. "내가 생명이다!"
또 말한다. "나는 감각이다, 순간이나 몇 달을 위한,
내 누이여, 나를 맛보아라, 내게서 숨을 쉬어라.
나는 세상의 가장자리, 마지막, 그리고 중심이다.
네 깊숙한 입을 보아라, 맑은 물이 흘러간다.
내 눈에는 우주 전체의 수수께끼가 빛난다.
내 피는 맛이 있어 식욕이 불타오르게 한다.
모두 내 가슴에 모여들고, 내 체로 빠져나간다.
나는 어느 곳의 하늘이고, 알 수 있는 공간이다.
아무 후회 없이 벌거벗고 노래하는 오만이고,
죽음으로 인도하는 춤을 추는 신이다..."

　노아이유는 프랑스의 여성시인이다. 아버지는 루마니아의
귀족이고 어머니는 그리스 피아니스트인데, 파리에서 태어나
고 성장했으며, 프랑스의 백작(Mathieu Noailles)과 결혼해 백

작부인이 되었다. 고급 사교계의 중심인물 노릇을 하면서 프랑스어로 시를 썼다.

여성이 갈망하고 경험하는 성행위를 사랑의 신 에로스와 만난다는 신화를 이용해 나타냈다. 프랑스를 비롯한 유럽 각국의 나체화에 오랫동안 여신을 등장시켜 외설이 아니라고 하던 수법을 시에도 사용했다. 백작부인의 체면을 손상하지 않으면서 할 말을 다했다.

"내 누이여, 나를 맛보아라, 내게서 숨을 쉬어라"고 한 것은 강력한 유혹이다. "내 눈에는 우주 전체의 수수께끼가 빛난다"고 할 만큼 성행위는 신비롭다고 했다. "내 피는 맛이 있어 식욕이 불타오르게 한다"는 말로 고조된 단계를 전했다. "불타오르"다는 말이 앞의 두 시에서 더위를 말한 것과 같다. "죽음으로 인도하는 춤을 추는 신이다"고 한 데서는 사랑이 죽음으로 이어진다고 했다.

고정희, 〈관계〉

싸리꽃 빛깔의 무당기 도지면
여자는 토문강처럼 부풀어
그가 와 주기를 기다렸다.
옥수수꽃 흔들리는 벼랑에 앉아
아흔 번째 회신없는 편지를 쓰고
막배 타고 오라고 전보를 치고
오래 못 살거다 천기를 누설하고
그런 어느 날 그가 왔다.
갈대밭 둔덕에서
철없는 철새들이 교미를 즐기고
언덕 아래서는
잔치를 끝낸 들쥐떼들이

일렬횡대로 귀가할 무렵
노을을 타고 강을 건너온 그는
따뜻한 어깨와
강물 소리로 여자를 적셨다.
그러나 그는 너무 바쁜 탓으로
마음을 가지고 오지 않았다.
미안하다며
빼놓은 마음을 가질러 간 그는
다시 돌아오지 않았고
여자는 백 여든 아홉 통의 편지를 부치고
갈대밭 둔덕에는 가끔 가끔
들것에 실린 상여가 나갔다.
여자의 희끗희끗한 머리칼 속에서
고드름 부딪는 소리가 났다.
완벽한 겨울이었다.

　한국 현대 여성시인이 남녀관계에 관한 이런 시를 지었다.
여자는 쓰기 어려운 시로 여자라야 할 수 있는 말을 했다. 시
인은 금기를 깨고 숨은 진실을 밝혔다.

　"무당기 도지면"은 "신들려 굿을 하는 무당의 기질이 되살아
나면"이다. 여자는 무당에게 신이 내린 듯한 상태가 되어 남자
를 원한다고 했다. 그러면 짙은 분홍색 "싸리꽃 빛깔"을 띤다
고 그렸다. 그래서 성적으로 흥분된 상태를 "토문강처럼 부풀
어"라고 나타냈다. "토문강" "두만강"의 중국식 발음이다. 물
이 많이 흐르는 강을 가져와 비유로 삼으면서, 익숙하지 않은
이름을 사용해 예사롭지 않은 일이라고 했다.

　강의 비유는 계속 요긴하게 사용되었다. 남자와 여자는 아
무리 가까운 사이라도 중간에 강이 가로놓여 있다고 했다. 남
자는 강 저편에 있어, 와 주기를 기다려도, 와 달라고 간청해
도 좀처럼 오지 않고 애를 태운다고 원망했다. 둘 사이에 거리
가 멀뿐만 아니라, 여자가 원하는 시간과 남자가 원하는 시간

이 맞지 않아 갈등을 빚어낸다. 남자가 오지 않아 여자는 안타깝다고 했다. "옥수수꽃 흔들리는 벼랑"은 심란한 곳이다. 철새나 들쥐도 즐기는 교미를 사람이 하지 못하면서 외로워하다니! "오래 못 살거다 천기를 누설하고" 이렇게 하는 최후의 수단까지 써서 오지 않는 남자를 불러야 하다니!

"노을을 타고 강을 건너온 그는 따뜻한 어깨와 강물소리로 여자를 적셨다." 남자와의 관계는 이것뿐이다. "노을을 타고 강을 건너온"은 환상적인 기대가 실현되었다는 말이다. "따뜻한 어깨"는 접근 과정이고, "강물 소리로 여자를 적셨다"는 마침내 이루어진 육체관계이다. 더위를 말하지 않아 미지근하다 한마디뿐이고 더는 말하지 않았다. 너무 짧게 끝난 탓인가? 길게 말하고 싶지 않아서인가? 어느 쪽이든지 만족스럽지 않다는 말이다.

더 큰 불만은 육체보다 마음에서 생겼다. 남자는 육체의 만족만 추구하지만, 여자는 마음까지 하나가 되기를 바란다고 말했다. 빼놓은 마음을 가지러 간다면서 가고 소식이 없는 남자를 기다리면서, 여자는 머리칼이 희끗희끗해져 인생의 겨울을 맞이한다고 했다.

제10장
사랑 없는 괴로움

이계랑(李桂娘), 〈옛 사람(故人)〉

松柏芳盟日
思情與海深
江南靑鳥斷
中夜獨傷心

송백같이 변하지 말자고 맹세한 날
생각하는 정이 바다처럼 깊더니,
강남에서 소식 전하는 새 오지 않고,
한밤중에 홀로 마음 아프다.

　이계랑은 한국 조선시대 기녀시인이다. 버림받은 여인의 심
정을 나타내는 시를 뛰어난 발상으로 지은 것이 여러 편이다.
여기서는 "송백같이 변하지 말자고" 하던 사람과 이별하고 소
식도 전하지 않는다고 원망했다. "한밤중에 홀로 마음 아프다"
고 한 말이 독자의 마음도 아프게 한다.

베르래느Paul Verlaine, 〈오 슬프고 슬펐다 내 마음은Ô triste, triste était mon âme〉

Ô triste, triste était mon âme
A cause, à cause d'une femme.

Je ne me suis pas consolé
Bien que mon coeur s'en soit allé,

Bien que mon coeur, bien que mon âme
Eussent fui loin de cette femme.

Je ne me suis pas consolé
Bien que mon coeur s'en soit allé.

Et mon coeur, mon coeur trop sensible
Dit à mon âme : Est-il possible,

Est-il possible, — le fût-il —
Ce fier exil, ce triste exil ?

Mon âme dit à mon coeur: Sais-je
Moi-même que nous veut ce piège

D'être présents bien qu'exilés,
Encore que loin en allés ?

오, 슬프고, 슬펐다, 내 영혼은.
한 여인 때문, 여인 때문에

나는 위로를 받지 못하네,
내 마음이 멀리 멀어진다 해도.

내 마음이, 내 영혼이
그 여인에게서 멀어진다 해도.

나는 위로를 받지 못하네,
내 마음이 멀리 멀어진다 해도.

내 마음, 너무 예민한 내 마음이
내 영혼에게 말했다: 그것은 가능하다.

그것은 가능하다, ... 가능했으리라...
이 자랑스러운 추방, 이 서글픈 추방?

내 영혼이 내 마음에게 말했다.
나는 안다 우리가 이 함정을 원하는 것을.

추방된 상태에 머무를 것인가,
먼 곳까지 갔으면서도?

베르래느는 프랑스 상징주의 시인이다. 이 작품에서 사랑하는 여성과 이별한 슬픔을 남성이 노래했다. 앞에서 든 〈가시리〉에서 정지상, 〈가는 사람 보내면서〉까지에서는 이별하고 떠나는 사람이 남성인지 여성인지 명시되어 있지 않다. 여성은 머물러 살고 남성은 떠다닌다는 일반적인 정황을 고려해, 사랑하는 남성이 떠나갈 때 남아 있는 여성이 안타까운 마음을 나타냈다고 이해한다. 〈가시리〉는 미상인 작자가 여성일 수 있어 이별의 실제 상황을 나타냈다고 보아도 된다.

김소월, 〈진달래꽃〉이나 정지상, 〈가는 사람 보내면서〉는 작자가 남성이다. 둘 다 남성 작자가 자기와 다른 여성을 작중서술자로 등장시켜 사랑하는 남성과의 이별을 노래하도록 하는 가공적인 창작물이다. 가공적인 창작물은 전개가 뛰어나야 감동을 주지만, 실제 상황을 노래하면 다듬고 고치지 않고 해야 할 말을 하기만 해도 된다.

이 작품에서 사랑하는 여성과 이별한 슬픔을 나타내는 시인의 시구는 실제로 하는 일상적인 언사에 지나지 않는다. 슬픔에 빠져 헤어날 수 없는 상태에서 하고 싶은 말이 많아 주위를 돌아보지 않고, 거리를 두지 못했다. 줄을 나누고 운율에 맞추기만 하고 표현을 잘하기 위한 가공 작업을 하지는 않았다. 그래도 시가 되고 감동을 주는 것은 진실에 근거를 두었기 때문이다.

이별을 했으니 멀어지면 잊을 수 있다. 그런데도 그대로 머물러 슬퍼한다. 이 두 가지 상반된 생각이 공존한다고 하는 것이 자연스럽다. 두 생각을 두 자아의 대화로 나타냈다. 하나는 "마음"(coeur)이고 하나는 "영혼"(âme)이다. 심성론에 관한 철학을 전개하려고 한 것은 아니다. "마음"은 외면이고, "영혼"은 내면이라고 쉽게 이해하면 된다. 외면과 내면이라는 말을 사용하면서 내용을 정리해보자.

제1연에서는 내면이 슬픔에 잠겼다고 하고, 제2연에서는 외면은 멀어졌다고 했다. 제3연에서는 외면도 내면도 멀어졌다고 했다. 제5연에서는 외면이 내면에게 잊는 것이 가능하다고 했다. 제6연에서는 내면이 외면에게서 멀리 가지 못하고 사랑의 함정에게 둘 다 빠져 있는 것을 바란다고 했다. 이렇게도 생각하고 저렇게도 생각해 이 말 저 말 한다고 했다.

이계랑(李桂娘), 〈이화우(梨花雨) 흩뿌릴 제...〉

이화우(梨花雨) 흩뿌릴 제 울며 잡고 이별한 님
추풍낙엽에 저도 나를 생각는가?
천리에 외로운 꿈만 오락가락 하노라.

이계랑이 이런 시조도 지었다. 이 작품과 견주어보면, 베르래느, 〈슬프고 슬펐다 내 마음은〉에서 이별의 피해자가 남성인 것은 어울리지 않고 감동을 주지 못한다. 버리고 떠난 남성에 대한 여성의 그리움이 절실해야 뛰어난 표현을 얻어 독자를 사로잡는다.

"이화우 흩뿌릴 제" 떠나간 님을 "추풍 낙엽"에 생각한 것은 사실 그대로를 가져와 이별의 정황을 계절의 변화와 함께 나타낸 묘미가 뛰어나다. 이것은 베르래느가 장황하게 늘어놓는 범속하고 과장된 수작을 압도한다. 널리 알려진 시인의 작품보다 기녀의 시조가 월등한 것은 진실에 근거를 두었기 때문이다.

김소월, 〈님의 노래〉

그리운 우리 님의 맑은 노래는
언제나 제 가슴에 젖어 있어요.

긴 날을 문밖에서 서서 들어도
그리운 우리 님의 고운 노래는

해지고 저물도록 귀에 들려요.
밤들고 잠들도록 귀에 들려요.

고이도 흔들리는 노랫가락에
내 잠은 그만이나 깊이 들어요.
고적한 잠자리에 홀로 누워도
내 잠은 포스근히 깊이 들어요.

그러다 자다 깨면 님의 노래는
하나도 남김없이 잃어버려요.
들으면 듣는 대로 님의 노래는
하나도 남김없이 잊고 말아요.

　한국 근대시인 김소월이 지은 이 작품에서 남성시인이 사랑하는 여성과 이별했다고 했다. 기본 설정이 위에서 든 베르래느의 시와 같으면서, 표현은 많이 다르다. 슬픔을 직설적으로 토로하지 않고 격조 높은 표현을 갖추어 형상화했다.

　이별한 님의 기억이 노래로 남아 마음속에서 들린다고 했다. 들리는 노래가 아름다워 위안을 얻게 하다가 잊혀진다고 말했다. 결별의 슬픔은 묻어두고 사랑할 때의 기쁨만 마음속에서 들리는 노래로 남겨 파탄에서 벗어나 즐거움을 누리고, 노래는 잊혀지게 마련이므로 과거의 불행이 자연스럽게 청산된다고 일렀다.

시몬스Arthur Symons, 〈초상에게To A Portrait〉

A pensive photograph
Watches me from the shelf:
Ghost of old love, and half
Ghost of myself!

How the dear waiting eyes
Watch me and love me yet:
Sad home of memories,
Her waiting eyes!

Ghost of old love, wronged ghost,
Return, though all the pain
Of all once loved, long lost,
Come back again.

Forget not, but forgive!
Alas, too late I cry.
We are two ghosts that had their chance to live,
And lost it, she and I.

생각에 잠긴 사진이
선반 위에서 나를 바라본다.
오랜 사랑의 유령과
반쯤 유령인 내 자신이.

기대에 찬 눈이 얼마나 정다운가.
나를 바라보고, 나를 아직도 사랑하는
슬픈 기억의 저장소
기대에 찬 너의 눈이.

지나간 사랑의 유령, 나쁜 유령이여
돌아오라, 사랑의 모든 고통 모두
잊은 지 오래 되었지만
다시 오너라.

잊지는 말고 용서해다오!
아, 울기에는 너무 늦었구나.

우리 둘 유령이 되어 따로 살아갈 수 있는 기회를
너도 잃고 나도 잃었다.

시몬스는 영국 근대시인이나. 이 작품은 표현이 미묘하고 번역이 어렵다. 사랑하던 사람을 "she"라고 일컬어 거리를 두었다. 이 말을 "그녀"나 "그 여자"로 번역하면 다정스러운 맛이 전연 없어 분위기를 다 깬다. 의미보다 느낌을 더 소중하게 여겨 "너"라고 했다.

김소월, 〈님의 노래〉에서는 청각으로, 여기서는 시각으로 사랑의 기억을 이어나간다. 청각으로 들리는 노래는 마음을 포근하게 하다가 잊혀지는데, 시각으로 보는 사진은 불만스러운 기억을 불러일으켜 유령같이 보이고, 사라져 없어지지 않고 과거가 현재이게 한다. 제4연 말미에서 "우리 둘 유령이 되어 따로 살아갈 수 있는 기회를 너도 잃고 나도 잃었다"고 한 것은 "사랑의 고통을 모두 잊었다는 말을 무효로 돌리고, 망각을 해결책으로 삼을 수도 없게 되었다"고 보면 끔찍한 결말이다.

"돌아오라", "다시 오너라", "잊지는 말고 용서해다오"라고 한 데서는 반전의 가능성이 나타난다. 잃어버린 사랑을 되찾고자 하는 의지가 보인다. 그러나 실현 가능성이 있다고 할 것은 아니다. 유령이라는 말을 되풀이하면서 조성한 을씨년스러운 분위기가 그대로 있다. 과거가 과거로 끝난다는 김소월, 〈님의 노래〉에서는 아름답기만 한 사랑의 기억이, 과거가 현재가 되어 나타난다는 이 작품에서는 사람을 유령으로 만드는 슬픔이기만 하다.

하이네Heinrich Heine, 〈밤마다 꿈에서Allnächtlich im Traume〉

Allnächtlich im Traume seh ich dich,
Und sehe dich freundlich grüßen,

Und lautaufweinend stürz ich mich
Zu deinen süßen Füßen.

Du siehst mich an wehmütiglich,
Und schüttelst das blonde Köpfchen;
Aus deinen Augen schleichen sich
Die Perlenträuentröpfchen.

Du sagst mir heimlich ein leises Wort,
Und gibst mir den Strauß von Zypressen,
Ich wache auf, und der Strauß ist fort,
Und das Wort hab ich vergessen.

나는 밤마다 꿈에서 너를 본다.
네가 정답게 인사를 하자
크게 울부짖으며 넘어졌다,
아름다운 너의 발밑으로.

너는 나를 슬프게 바라보면서
금발의 머리를 흔들었다.
너의 눈에서는 가만히 흘렀다.
진주 같은 눈물이 방울방울.

너는 내게 다정스럽게 속삭이면서.
실측백나무 선 길을 알려주었다.
내가 깨어보니 길이 없어지고,
들은 말도 잊혀지고 말았다.

　독일 낭만주의 시인 하이네는 사랑이 없는 괴로움을 이렇게
노래했다. 님을 꿈에서 만나는 장면을 세부까지 갖추어 생생
하게 그려 충격을 준다. 지난날이 잊히지 않고 되살아나며 다
시 만날 길이 있다고 하고서, 꿈을 깨니 모든 것이 허사라고

했다.

꿈이나 몽롱한 기억에서 님을 다시 만난다는 말은 앞에서 든 김소월의 〈님의 노래〉, 시몬스의 〈초상에게〉에서도 했다. 그런 공통된 발상을 이 시에서 상이하게 구현했다. 꿈을 현실보다 더욱 생생하게 그려, 그리움이 얼마나 절실한가 말하고, 꿈을 깰 때의 절망을 두드러지게 나타냈다.

〈님의 노래〉에서 이 작품까지 시 세편은 사랑의 결별이 무엇인가 하는 논란에 참여해 특별한 발언을 하려고 하지 않았다. 별날 것이 없고 예사롭기만 한 사례를 최소한의 소재로 삼아 설정과 표현이 뛰어난 창작물을 만들어냈다. 그런 경합을 서로 의식하지 않으면서 벌였다.

작자 미상, 〈사랑 거짓말이...〉

사랑 거짓말이, 님 날 사랑 거짓말이.
꿈에 뵌단 말이 그 더욱 거짓말이.
나 같이 잠 아니 오면 어느 꿈에 뵈이리.

이것은 작자 미상의 고시조이다. 이별을 당하고 보니 사랑은 거짓말이라고 했다. 임이 꿈에 보인다고 하는 것은 임이 한 말일 수 없고 자기가 기대하는 바이다. 그대로 되지 않으니 책임을 임에게 돌려 더욱 심한 거짓말이라고 했다. 그러나 님과의 관계가 단절된 것은 아니다. 꿈에서라도 님을 보고 싶은 기대를 버리지 않고 은근히 보채는 말을 했다.

작자 미상, 〈뉘라서 님 좋다더냐...〉

뉘라서 님 좋다더냐, 알고보니 원수로다.

애당초 몰랐더면 이 간장 안 태울 걸.
지금에 정들고 병들기는 임과 낸가.

　이것은 작자 미상의 고시조이다. 여기서는 사랑이 "원수"라
고 했다. 앞에서 든 〈사랑 거짓말이…〉에서보다 심한 말을 했
다. 애당초 사랑을 몰랐으면 간장을 태우지 않을 것인데, 알고
보니 사랑이 원수라고 말했다. 그러나 자기가 일방적인 피해자
는 아니다. 종장에서는 "정들고 병들기는 님과 낸가 하노라"라
고 했다. 한 토막 생략된 말을 보태면 이렇게 마무리를 했다.
　정들어 사랑하다가 이별하면 원수가 되는 점에서 님과 자기
는 같다고 했다. 상대방은 가해자이고 자기는 피해자라고 하지
는 않았다. 사랑이 대등한 관계를 만든다는 사실을 인정했다.

작자 미상, 〈독수공방 심란하기로…〉

독수공방 심란하기로 님을 따라 갈까 보고나
오늘 가고 내일 가며 모레 가며 글피 가며 나흘 곱집어
여드레 팔십 리 석 달 열흘에 단 천 리 가고 부러진 다리
를 좌르르 끌면서 천창 만겁지중에 부월이 당전할지라
도 임을 따라서 아니 갈 수 없네 해 가고 달 가고 날 가고
시 가고 임까지 마저 가면 요 세상 백년을 늘 믿고 사노
석신이라고 돌에다 접을 하며 목신이라고 고목에다 접을
하며 어영도 갈매기라고 창파에다 지접을 할까
접할 곳 없고 속내 맞는 친구 없어 나 못 살겠네

　이것은 작자 미상의 사설시조이다. 초장에서 "독수공방 심란
하기로 임을 따라 갈까 보고나"라고 하고, 종장에서 "접할 곳 없
고 속내 맞는 친구 없어 나 못 살겠네"라고 한 것은 쉽게 할 수
있는 말이다. 그런데 임을 따라 가서 "接"할 곳을 얻겠다는 말을

중장에서 이것저것 둘러대면서 길게 한 것이 예사롭지 않다.

"오늘 가고 내일 가며 모레 가며 글피 가며 나흘 곱집어 여드레 팔십 리 석달 열흘에 단 천 리 가고"에서는 날마다 길을 가시 밀며싸시 산다고 말했다. "부러진 다리를 좌르르 끌면서"에서는 몸이 불편한 것을 무릅쓴다고 일렀다. "千槍 萬劍之中에 斧鉞이 當前할지라도"에서는 엄청난 시련이 닥치는 것을 한자어를 써서 나타냈다. 그래도 "님을 따라서 아니 갈 수 없네"라고 하고, "해 가고 달 가고 날 가고 시 가고 임까지 마저 가면요 세상 백년을 눌 믿고 사노"라고 한다. "石身이라고 돌에다 接을 하며 木身이라고 古木에다 接을 하며 어영도 갈매기라고 滄波에다 止接을 할까"라고 했다.

붙는다는 뜻의 '接'이 긴요한 말이다. 천지만물이 각기 그 나름대로 붙듯이 사람은 사람과 붙어서 살아야 한다. 붙어서 사랑을 누려야 살아갈 수 있다. 이별의 괴로움을 노래하면서 이렇게 말해 사랑이 무엇인지 깊이 알게 했다. 사랑의 즐거움을 노래할 때보다 한 걸음 더 나아가 사랑을 예찬했다.

제II장
소중한 사람 사별시

이광려(李匡呂), 〈영종대왕만사(英宗大王挽詞)〉

宵駕紛儀衛
萬人惟哭聲
閭閻遺子女
城闕若平生
過廟遲遲躑
臨門冉冉旌
縫紗千柄燭
風淚曙縱橫

임금님 장례 수레 장식이 화려한데,
만백성은 누구나 통곡하기만 한다.
여염에는 자녀들을 남겨 두셨고,
성곽 대궐은 평소와 다름이 없다.
종묘를 지나며 거동이 머뭇머뭇,
문에 이르러서 명정이 느릿느릿,
붉은 초롱에 쌓인 촛불 천 자루
바람 눈물 흘리며 종횡으로 밝힌다.

임금이 세상을 떠나면 신하들이 만시를 짓는 것이 관례이
다. 영조의 상여를 보고 이광려가 지은 이 시가 좋은 본보기
이다. 이만수(李晚秀)가 써서 이광려 문집 서두에 실은 〈이
참봉집서〉(李參奉集序)에 따르면, 정조가 이 만사를 한참동
안 보고 "근세에 이만한 작품이 없다"고 찬탄했다고 했다.
제1-4행에서는 임금과 백성, 죽음과 삶의 관계를 드러내놓
고 말했다. 양쪽은 다르면서도 서로 연결되어 있다고 했다. 제
5-8행에서는 장례가 진행되는 모습을 그리면서 임금과 백성,
죽음과 삶의 관계를 다시 생각하게 했다. 장례 행렬이 "머뭇머
뭇", "느릿느릿"하고, "촛불 천 자루", "종횡으로 밝힌다"고 한
것은 떠나는 임금이 남아 있는 백성에 미련을 지녔기 때문이라
고 이해된다.

이준민(李俊民), 〈율곡을 애도한다(挽栗谷)〉

芝蘭空室不聞香
奠罷單盃老淚長
斷雨殘雲藏栗谷
世間無復識吾狂

난초 없는 방에 향기를 맡을 수 없고,
제사 뒤 혼자 드는 술잔에 늙은이 눈물 길구나.
비는 그치고 남은 구름은 율곡을 감추고,
세간에 내가 미친 것을 아는 이 없구나.

　이준민은 율곡 이이(李珥)의 문인이다. 스승의 죽음을 애도
하는 시를 이렇게 지었다. 으레 하는 말은 다 생략하고, 절제
된 표현으로 깊은 생각을 나타냈다.
　향기로운 풀 "향초"라고 번역한, 제1행의 첫 머리의 "난
초[芝蘭]은 율곡을 지칭한다. 제1행에서 훌륭한 분이 떠나니
향기가 없어졌다고 하면서 나라가 잘못 될 것을 염려했다. 제
2행에서는 율곡에게 제사 지내고 눈물을 오래 흘린다고 했다.
제3행에서는 장례 날에 비가 그친 다음, 남은 구름이 파주의
율곡리를 감싸고 있는 모습을 그리면서, 율곡의 가르침이 감
추어질 것을 염려했다. 제4행에서는 율곡이 사라져서 자기가
미친 늙은이로 남아 세상에서 잊힐 것이라고 했다.

이병기, 〈서해(曙海)를 묻고〉

별과 바람 끝에 검을 대로 검은 그 손,
잡은 괭이 두고 붓을 다시 드시리까?
상머리 혈흔(血痕)과 홍염(紅焰) 맘이 되우 태우이다.

이병기는 한국 근대시인이다. 시조를 이어받아 새롭게 창작한 작품이 높이 평가된다. 소설가 최서해가 세상을 떠나자 애도하고 추모하는 시를 이렇게 지었다. 긴 말은 할 수 없는 시주에 고인의 예사롭지 않은 삶과 죽음을 인상 깊게 나타냈다.

최서해는 손이 볕과 바람에 검어지도록 일하던 사람이다. 자기가 겪은 시련을 덮어두지 못해 소설에다 토로하다가 건강이 악화되어 젊은 나이인데 세상을 떠났다. 저승에 가서 괭이는 놓아두고 붓을 다시 들어 작품을 쓸 것인지 물었다. "혈흔과 홍염"은 작품 주인공의 희생과 항거를 축약한 말이면서 고인의 삶이기도 했다. 그 때문에 안타까워 시를 짓는 사람이 마음을 태운다고 말했다.

오든W. H. Auden, 〈에이츠 추도In Memory of W. B. Yeats〉

Earth, receive an honoured guest:
William Yeats is laid to rest.
Let the Irish vessel lie
Emptied of its poetry.

In the nightmare of the dark
All the dogs of Europe bark,
And the living nations wait,
Each sequestered in its hate;

Intellectual disgrace
Stares from every human face,
And the seas of pity lie
Locked and frozen in each eye.

Follow, poet, follow right
To the bottom of the night,

With your unconstraining voice
Still persuade us to rejoice;

With the farming of a verse
Make a vineyard of the curse,
Sing of human unsuccess
In a rapture of distress;

In the deserts of the heart
Let the healing fountain start,
In the prison of his days
Teach the free man how to praise.

대지여, 명예로운 손님을 받아라.
윌리엄 예이츠가 쉬려고 누웠다.
아일랜드의 항아리가
시를 비우고 눕도록 해라.

어둠에 덮인 악몽 속에서
유럽의 모든 개들이 짖는다.
그리고 살아 있는 국민들은
각자 증오 속에 격리되어 있다.

창피스러운 지성이
모든 사람 얼굴에서 번득이고,
바다처럼 넓은 애련은
눈을 감은 안쪽에서 얼어붙었다.

따르소서, 시인이여, 오른손을 따라
밤의 밑바닥까지 내려가소서.
당신의 매이지 않은 목소리로
우리가 기뻐하라고 설득하소서.

시를 가꾸는 농사를 지어
절망의 포도밭을 만들고,
인간의 실패를 노래해
고통이 황홀하게 하소서.

황량한 가슴에서
치유의 샘이 솟아나게 하소서.
이 시대의 감옥에서
자유민이 하는 찬미를 가르치소서.

　오든은 영국 출신의 미국 현대시인이다. 아일랜드 인 예이츠의 죽음을 애도하는 시를 세 수 연작으로 지었다. 이것이 세 번째 수이다.

　제1연에서 대지에게 예이츠를 받아들여 쉬게 하라고 했다. 예이츠를 시를 담은 아일랜드의 항아리라고 하고, 이제 시를 비우고 쉬게 하라고 일렀다. 그러나 제2연 이하를 들어보면 예이츠가 쉴 수 없는 상황이다. 예이츠더러 시대의 질병을 치유해달라고 했다. 애도에 내포된 찬양을 이루어야 할 소망으로 삼았다.

　제2연에서는 시대가 불안하다고 했다. 제2차 세계대전이 진행되고 있을 때였다. 국민들끼리 대립되어, "사람들"이라고 하지 않고 "국민들"이라고 했다. 침공자에게 사로잡혀 아직 죽지 않고 살아 있는 국민들도 증오에 사로잡혀 격리되어 있다고 했다. 제3연에서는 창피스러운 지성으로 시비를 가리느라고 눈을 번득이고, 애련을 가지고 널리 포용하는 마음이 눈 감은 속에서 얼어붙은 것도 시대의 특징이라고 했다.

　제4연에서는 깊은 절망에 사로잡힌 사람들이 다시 기뻐하도록 하려면, 어디 매이지 않아 편견이나 아집이 없는 시인 예이츠가 있어야 한다고 했다. 제5연에서는 절망을 노래로 만들어 고통이 황홀하게 해달라고 했다. 제6에서는 가슴이 황량해진 채 감옥에 들어가 있는 이 시대 사람들이 자유민임을 깨닫고 삶을 찬미하도록 가르쳐달라고 했다.

박재삼, 〈친구여 너는 가고〉

친구여 너는 가고
너를 이 세상에서 볼 수 없는 대신
그 그리움만한 중량의 무엇인가가 되어
이승에 보태지는가.
나뭇잎이 진 자리에는 마치
그 잎사귀의 중량만큼 바람이
가지 끝에 와 머무누나.

내 오늘 설령
글자의 숲을 헤쳐
가락을 빚는다 할손
그것은 나뭇가지에 살랑대는
바람의 그윽한 그것에는
비할래야 비할 바 못되거늘,
이 일이 예삿일이 아님을
친구여 네가 감으로 뼛속 깊이 저려 오누나.

박재삼은 한국 현대시인이다. 이 시에서 친구의 죽음을 애
도하는 격식은 다 버리고 하고 싶은 말만 말했다. 그리운 이가
가고 없어 아쉬워하는 마음을 살뜰하게 전하면서 빈 자리를 바
람이 메운다고 거듭 말했다.

아폴리내르Guillaume Apollinaire, 〈**잘 가라**L'adieu〉

J'ai cueilli ce brin de bruyère.
L'automne est morte, souviens-t'en.
Nous ne verrons plus sur terre
Odeur du temps, brin de bruyère,

Et souviens-toi que je t'attends.

나는 찔레의 이 가지를 꺾었다.
가을이 죽었다. 너는 기억하느냐,
우리는 땅 위에서 더 보지 못한다.
계절의 향기, 찔레의 가지를,
너는 기억하느냐 내가 너를 기다리는 것을.

  아폴리내르는 폴란드 출신의 프랑스 시인이다. 기발한 착상
과 재치 있는 표현으로 새로운 시를 실험했다. 이 시는 죽은
사람이 잘 가라고 작별을 고하는 시인데, 통상적인 언사는 전
혀 없어 읽는 사람이 당황하게 한다.

  찔레의 가지를 꺾어보아도 향기로운 꽃이 없고 가을이 죽은
것을 들어 "너"가 가고 없는 것을 확인했다. 그러고는 저승에
먼저 간 "너"가 아직 이승에 있는 "나"를 기다려달라고 하지 않
고, "내"가 "너"를 기다린다고 했다. 헤어지는 것이 너무 서운
해 "잘 가라"는 말을 죽은 사람의 부활을 바라는 것처럼 했다.

베르아랑Emile Verhaeren, 〈어느 날 저녁 그대는 내게
말했다...Vous m'avez dit, tel soir…〉

Vous m'avez dit, tel soir, des paroles si belles
Que sans doute les fleurs, qui se penchaient vers nous,
Soudain nous ont aimés et que l'une d'entre elles,
Pour nous toucher tous deux, tomba sur nos genoux.

Vous me parliez des temps prochains où nos années,
Comme des fruits trop mûrs, se laisseraient cueillir;
Comment éclaterait le glas des destinées,
Comment on s'aimerait, en se sentant vieillir.

Votre voix m'enlaçait comme une chère étreinte,
Et votre cœur brûlait si tranquillement beau
Qu'en ce moment, j'aurais pu voir s'ouvrir sans crainte
Les tortueux chemins qui vont vers le tombeau.

그대는 어느 날 저녁 아주 감미로운 말을 했다.
분명히 기억한다, 우리를 향해 드리워져 있는
꽃들이 사랑스럽다고 하자, 느닷없이 꽃 한 송이가
우리를 가볍게 스치고 우리 무릎에 떨어졌다.

그대는 내게 말했다, 얼마 멀지 않은 시기에
우리의 여생이 너무 익은 과일처럼 떨어질 것을,
운명을 알리는 조종(弔鐘)이 어떻게 울릴 것인지,
서로 사랑하는 사람들이 어떻게 늙음을 느끼는지.

그대의 말이 내게 친근한 포옹처럼 다가왔다.
그대의 가슴은 조용하고 아름답게 타올랐다.
지금 이 시간, 나는 어떤 두려움도 없이
무덤으로 가는 굽은 길을 열고 갈 것 같다.

　베르아랑은 벨기에 근대시인이다. 프랑스어로 아름답고 그
윽한 시를 써서 많은 독자의 마음을 끌었다. 여기서는 "vous"
라는 존칭으로 일컬은 사람이 한 말을 적었는데, 인생의 선배
라고 보면 적당하다. "vous"를 "그대"라고 번역하기로 한다.
　선배의 죽음을 애도한다는 말은 할 만한데 하지 않아 상당한
정도의 변격이다. 그 대신 선배가 죽음을 맞이하고 죽음에 대
해 말한 것을 되새기면서 자기의 죽음을 준비한다고 일렀다.
제1연에서는 사랑스럽다고 한 꽃이 떨어진 것이 죽음에 대한
암시이다. 제2연에서는 죽음이 다가오는 것을 예감하는 데 관
한 말을 했다. 제3연에서는 선배가 한 말을 생각하고, 자기도
두려움 없이 죽음을 향해 갈 수 있을 것 같다고 했다.

그라네 Esther Granek, 〈그이는 살아 있었다 Il a vécu...〉

Il a vécu···
Il a vécu et il n'est plus.
Larmes fausses··· vraies··· pensées émues···
Chapitre clos. Testament lu.
Il a vécu.

Une vie durant···
Une vie durant, fortune aidant,
il amassa amoureusement
choses, objets choisis longuement,
une vie durant.

En sa demeure···
En sa demeure moult valeurs
s'harmonisaient avec bonheur.
Y pénétrer était honneur,
en sa demeure

Devint féroce···
Devint féroce et pire qu'un gosse.
Et comme chien défendant son os,
il soupçonna le temps, les gens.
Devint féroce.

Son coeur saignait···
Son coeur saignait comme bafoué.
En chaque objet. Pour chaque trace.
Pour chaque griffe. Pour chaque casse···
Son coeur saignait.

Chapitre clos···
Chapitre clos, chapitre ouvert,

ce fut un tremblement de terre
car dès qu'il reposa sous terre :
chapitre ouvert.

Révolution…
Révolution dans la maison.
Les choses perdent et place et nom.
Et l'inutile va au pilon.
Révolution.

Durs traitements…
Durs traitements sont infligés
aux objets qu'il a vénérés.
Orphelins qu'on s'arrache pourtant.
Durs traitements.

Il a vécu…
Il a vécu et il n'est plus.
Dans ses cauchemars a-t-il prévu ?
A-t-il tremblé ? Et qu'a-t-il su ?
Ou deviné ?

Aux quatre vents…
Aux quatre vents sont dispersées
tant de valeurs accumulées
pour être à nouveau adorées,
aux quatre vents.

그이는 살아 있었다…
그이는 살아 있었으나 지금은 아니다.
눈물 거짓되고… 참되고… 감동적인 생각…
닫힌 기록. 읽힌 유언.
그이는 살아 있었다.

한 생애 내내...
한 생애 내내, 행운의 도움을 받으며,
그이는 정성스럽게 모았다,
소유물을, 오랫동안 고른 물건을,
한 생애 내내.

자기 집에서...
자기 집에서 소중한 것들을 떠났다.
행복과 조화를 이루는 것들을.
명예를 보태서,
자기 집에서.

사나워졌다...
사나워지고 악동보다 나빠졌다.
뼈다귀를 지키는 개처럼,
시간을, 사람들을 의심했다.
사나워졌다.

가슴에서 피를 흘렸다...
상처라도 입은 듯이 가슴에서 피를 흘렸다.
물건마다 자국을 내고.
발톱으로 할퀴고 파손하고.
가슴에서 피를 흘렸다.

기록이 닫히고...
기록이 닫히고, 기록이 열리고,
그것은 대지의 동요였다.
그이가 땅 속에 묻히자 시작된.
기록이 열리고.

혁명...
집안의 혁명.
물건들이 장소와 이름 상실.
무용한 것들은 절구질로.
혁명.

가혹한 대우...
가혹한 대우
그이가 숭배한 것들마다.
간신히 몸을 뺀 고아들.

그이는 살아 있었다...
그이는 살아 있었으나 지금은 아니다.
악몽을 예견했던가?
떨렸나? 무엇을 알았는가?
짐작했는가?

사방의 바람에...
사방의 바람에 흩어졌다.
축적해놓은 그 많은 가치가
다시 존경을 받기 위해.
사방의 바람에.

그라네는 프랑스어로 시를 쓰는 현대 벨기에의 여성시인이
다. 여기서 예사롭지 않은 추모시를 보여주었다. 죽은 사람을
잊지 못해 말을 많이 했다. 그이가 잘 지내다가 잘못 되었다고
하는 경과를 자초지종 늘어놓아 시가 여러 연으로 늘어나게 만
들었다.
    제1연과 제9연에서 살아 있던 사람의 죽음을 애도했다. 제
2-3연에서는 고인이 잘 살았다고 했다. 제4-5연에서는 무어
라고 말하지 않은 박해를 받아, 사나워지고 피를 흘렸다고 했

다. 제6연에서 제1연에 이어 "기록"이라고 번역한 것은 기록물의 한 대목이다. 죽은 사람이 남긴 기록이나 작품을 말한다. 제7연에서 생애에 격동이 일어난 것을 혁명이라고 했다. 제8연에서는 "그이가 숭배한 것들마다" 가혹한 대우를 받아, "간신히 몸을 뺀 고아들"처럼 되었다고 했다.

제10연에서는 죽음에 대한 생각을 정리해 말했다. 죽으면 모든 것이 바람에 흩어진다고 했다. 가치 있는 업적을 아무리 많이 축적해도 죽음을 막는 데는 소용이 없다고 했다. 그러나 죽으면 모든 것이 끝나지는 않는다고 했다. 이룬 업적은 죽은 뒤에 다시 존경을 받는다고 했다.

제12장
전사자를 위한 애도

김구(金坵), 〈철주를 지나면서(過鐵州)〉

當年怒寇闌塞門
四十餘城如燎原
倚山孤堞當虜蹊
萬軍鼓吻期一吞
白面書生守此城
許國比身鴻毛輕
早推仁信結人心
壯士譁呼天地傾
相持半月折骸炊
晝戰夜守龍虎疲
勢窮力屈猶示閑
樓上官絃聲更悲
官倉一夕紅焰發
甘與妻孥就灰滅
忠魂壯魄向何之
千古州名空記鐵

그때 성난 도둑이 국경을 침범해오자
사십여 성이 불타는 들판 같았다.
산을 의지한 외로운 성이 오랑캐 길목에 놓여,
만군사가 북치고 나팔 불며 한꺼번에 삼키려 했다.
글만 읽던 선비가 이 성을 지키면서,
나라에 바친 몸 기러기 털보다 가볍게 여겼노라.
일찍부터 어질고 신망 있어 민심을 모았으매,
장사들의 고함소리 천지를 진동했다.
서로 버틴 반 달 동안 뼈를 꺾어 불을 때면서,
낮에 싸우고 밤에 지켜 용이나 호랑이조차 피로했다. 형
세와 힘이 다했으나 오히려 한가함을 보여
누대 위의 관현소리 더욱 구슬프기도 했다.
관가 창고가 하루저녁에 불꽃을 품더니,

처자와 함께 기꺼이 재가 되어 사라지고 말았다.
충성스러운 혼, 장한 넋이여 어디로 향했는가?
천고에 고을 이름은 헛되이도 철주라 적혀 있네.

김구는 한국 고려후기의 시인이다. 철주라는 고을을 지나다
가 그곳에서 벌어진 전투를 생각하고 순국한 사람들을 추모하
는 마음을 나타내는 시를 지었다.

전쟁이 나면 많은 사람이 죽는다. 침공을 당한 피해자 쪽의 죽
음은 원통하다. 조상하는 시를 지어 혼령을 위로하는 것이 마땅하
다. 희생당한 전사자를 위로하는 시가 무수히 많은 것이 당연하
다. 김구는 그 가운데 특히 뛰어나다고 할 수 있는 명편을 남겼다.
철주는 오늘날의 평안북도에 있던 고을이다. 몽고군이 침공하
기 시작한 첫해인 1231년에 그 곳을 포위해 공격하자 수비 책
임을 맡은 이원정(李元楨)이 일반 백성과 함께 완강하게 싸우
다 처자와 함께 자결했다. 그 뒤 9년이 지났을 때 김구가 이 시
를 지었다. 싸움의 현장에 함께 참여해서 외치고 무찌르고 마
침내 죽어간 사람들의 심정을 현장에서 동참한 듯이 나타냈다.

사건의 전개에 따라 작품을 구성했다. 서두에서 싸움이 시작
된 상황을 말했다. 다음에는 지휘관의 인품을 소개했다. 글 읽
던 선비가 두터운 신망으로 전투를 지휘한 것이 특기할 사실이
라고 했다. 싸움이 얼마나 격렬했던가 말하고 형세가 기울어
도 당황하지 않고 오히려 한가함을 보인 것을 높이 평가했다.
그 다음에는 모든 것이 없어진 결말을 전했다. 침공은 무력으
로 하지만, 침공을 저지하고 나라를 지키는 싸움은 정신력으
로 한다는 불변의 진실을 설득력 있게 말했다.

이안눌(李安訥), 〈**사월십오일**(四月十五日)〉

四月十五日
平明家家哭

天地變蕭瑟
凄風振林木
哭聲何慘憾
驚怪問老吏
壬辰海賊至
是日城陷沒
惟時宋使君
堅壁守忠節
闔境驅入城
同時化爲血
投身積屍底
千百遺一二
所以逢是日
設奠哭其死
父或哭其子
子或哭其父
祖或哭其孫
孫或哭其祖
亦有母哭女
亦有女哭母
亦有婦哭父
亦有父哭婦
兄弟與姉妹
有生皆哭之
癵安聽未終
涕泗忽交頤
吏乃前致詞
有哭猶未悲
幾多白刃下
擧族無哭者.

사월 십오일에
날 새자 집집마다 곡소리로다.

146

천지가 쓸쓸하게 변하고,
처량한 바람은 숲을 흔든다.
곡소리 어찌하여 이리 슬픈고?
늙은 아전에게 놀라 물으니,
임진년에 바다 도적이 들이닥쳐
그 날 바로 동래성이 무너졌지요.
그 당시 이곳의 송사또께선
성벽을 굳게 닫고 충절을 지키는데,
관내 백성들도 성에 몰려와
동시에 피바다가 되었답니다.
몸을 던져 바닥에 시체가 쌓이니
천백에 한두 사람 살아났지요.
해마다 돌아오는 이 날이 되면
제수 차려 그 죽음을 통곡합니다.
아비가 자식 곡하기도 하고,
자식이 아비 곡하기도 하고,
할아비가 손자 곡하기도 하고,
손자가 할아비 곡하기도 하고,
또한 어미가 딸을 곡하기도 하고,
또한 딸이 어미 곡하기도 하고,
또한 지어미가 지아비 곡하기도 하고,
또한 지아비가 지어미 곡하기도 하고,
형제나 자매 그 누구라도 함께,
살아 있는 사람이면 곡합니다.
콧날이 시큰하여 듣다가 말고
홀연 두 줄기 눈물 턱에서 만난다.
그러자 그 아전 또 하는 말이
울어 줄 이 있는 이야 그래도 낫지요.
얼마나 많은 사람이, 칼날 아래
온가족 모두 죽어 곡할 사람이 없다오.

이안눌은 한국 조선시대 시인이다. 임진왜란이 끝난 다음 동래부사가 되었다. 4월 15일이 되자 집집마다 처량한 울음소리가 들려 왔다고 했다. 무슨 까닭인가 늙은 아전에게 물으니, 임진왜란이 시작되어 왜군이 침공해 올 때 송상현(宋象賢) 부사를 따라 일시에 순국한 사람들의 제사를 지낸다고 말했다. 그 참혹한 사연을 시에다 적었다.

임진왜란은 나라 사이에 분쟁이 없는데도 일본이 조선을 일방적으로 침공해 처절한 피해를 준 전쟁이다. 침공을 당한 쪽은 군사력이 부족해도 그냥 물러나지 않고 완강하게 저항했다. 민간인이 무장도 갖추지 못하고 맞서다가 무참하게 희생되었다. 1592년 4월 14일에 일본군이 상륙한 그 다음 날 동래성에서 벌어진 전투에서 그런 비극이 비롯했다.

남녀노소 가릴 것 없이 누구나 죽었다. "손자가 할아비를 곡을 하기도 하고", "지아비가 지어미 곡을 하기도 하고" 하는 사태가 벌어졌다. "수많은 사람이, 칼날 아래 온 가족 모두 죽어 울 사람이 없다"는 것은 더욱 참혹했다.

히니Seamus Heaney, 〈의거자들을 위한 진혼곡Requiem for the Croppies〉

The pockets of our greatcoats full of barley...
No kitchens on the run, no striking camp...
We moved quick and sudden in our own country.
The priest lay behind ditches with the tramp.
A people hardly marching... on the hike...
We found new tactics happening each day:
We'd cut through reins and rider with the pike
And stampede cattle into infantry,
Then retreat through hedges where cavalry must be thrown.
Until... on Vinegar Hill... the final conclave.
Terraced thousands died, shaking scythes at cannon.

The hillside blushed, soaked in our broken wave.
They buried us without shroud or coffin
And in August... the barley grew up out of our grave.

우리는 겉옷 주머니에 보리를 잔뜩 넣었다...
달리는 길에 부엌이 없고, 진지를 갖추지도 못했다.
우리는 빨리 갑자기 움직였다, 우리나라인데도.
가다가 걷기 힘들어 뒤처진 사람들은
사제자가 배수로 뒤에 숨겨 보호했다.
우리는 날마다 새로운 전술을 발견했다.
창을 휘두르며 고삐 쥔 기수들을 헤쳐 나갔다.
가축의 무리를 상대방 부대로 몰아넣었다.
기병대가 밀려 떨어졌을 울타리를 거쳐 퇴각했다.
바인거 힐에서... 최후의 비밀회동을 할 때까지.
위에 있던 수천 명이 낫이나 찰을 휘두르면서 죽었다.
붉게 물든 언덕이 우리 물결 부서지는 속에 잠겼다.
그 녀석들은 우리를 수의나 관도 없이 묻었다.
그러자 8월이 되자... 우리 무덤에서 보리가 자라났다.

히니는 아일랜드 현대시인이며, 1995년에 노벨문학상을 받
았다. 이 시 제목에 "for the Croppies"라는 말이 있는데,
이해하기 쉽게 하려고 "의거자들을 위한"이라고만 옮겼다.
"Croppies"는 "머리를 아주 짧게 깎은 사람들"(people with
closely cropped hair)이라는 말이며, 1790년에 영국 통치에
항거한 아일랜드 의거자들이 특이한 머리 모양을 하고 있어서
별칭이 되었다. 그때 항거하다가 죽은 사람들을 서술자로 해
서 전하는 말을 적고 진혼곡이라고 했다.

범속한 것 같은 말인데 새겨 이해해야 한다. 앞에서는 밥할
겨를이 없어 주머니에 보리를 넣고 다니면서 씹어 먹었다고 했
다. 맨 뒤에서는 살해되어 묻힌 시신에서 보리가 싹 텄다고 했
다. 앞뒤가 절묘하게 호응하면서 죽음을 넘어서고자 하는 삶

의 의지를 나타냈다. "우리나라"에서라면 천천히 움직여도 되지만, 나라를 빼앗겼으므로 찾으려고 "빨리 갑자기 움직였다"고 했다.

"바인거 힐"은 아일랜드 웩스포드(Wexford)주 에니스코디(Enniscorrthy) 마을 근처에 있는 언덕이며, 1798년 7월 21일 아일랜드 독립군을 영국군 1만 5천 명 이상이 공격해 최후의 격전이 벌어진 곳이다. 언덕 위에서 비밀회동을 하고 있을 때 영국군이 공격해 수천 명이 죽었다고 시에서 말했다.

거기까지는 항쟁하다가 피살된 사람들이 하는 말로 시를 이어나가는 것이 자연스러운데, 그 다음이 문제이다. 영국군이 한 짓을 "그 녀석들은 우리를 수의나 관도 없이 묻었다"고 한 것이 말이 되는가? 묻힌 당사자는 알 수 없는 일을 오늘날의 시인이 말하면서 "우리"라는 주어를 그대로 사용했다. 최대한의 친밀감을 가지고 전사자들이 하고 싶어 했을 말을 전하려고 하다가 차질이 생겼다.

랭보Arthur Rimbaud, 〈골짜기에서 잠자는 사람Le dormeur du val〉

C'est un trou de verdure où chante une rivière
Accrochant follement aux herbes des haillons
D'argent ; où le soleil de la montagne fière,
Luit : c'est un petit val qui mousse de rayons.

Un soldat jeune, bouche ouverte, tête nue,
Et la nuque baignant dans le frais cresson bleu,
Dort ; il est étendu dans l'herbe, sous la nue,
Pâle dans son lit vert où la lumière pleut.

Les pieds dans les glaïeuls, il dort. Souriant comme
Sourirait un enfant malade, il fait un somme :

Nature, berce-le chaudement : il a froid.

Les parfums ne font pas frissonner sa narine ;
Il dort dans le soleil, la main sur sa poitrine
Tranquille. Il a deux trous rouges au côté droit.

초록색 구멍에서 강물이 노래하고 있다.
은빛 풀들이 미친 듯이 걸려 있는 강물이.
태양이 거만 떠는 산에서 빛을 내고 있고,
광선이 물방울을 만들어내는 작은 골짜기에.

젊은 병사 하나가 입을 벌리고 모자도 없이,
싹트기 시작한 푸른 풀숲에 목덜미를 담그고,
잠을 자고 있다, 구름 아래 있는 풀밭에 누웠다.
광선 쏟아지는 초록색 침대에 창백한 모습으로.

민들레 떨기 속에 발을 넣고 이 사람은 잠들었다.
마치 병든 아이처럼 미소지으면서 자고 있다.
자연이여, 따뜻하게 흔들어주어라, 이 사람은 춥다.

초목의 향내가 나도 콧구멍을 자극하지 못한다.
햇빛을 받고 조용히 자고 있다, 손을 가슴에 얹고,
오른쪽 옆구리에는 구멍이 두 개 나 피를 흘린다.

　프랑스 상징주의 시인 랭보의 시이다. 골짜기에 죽어 있는
군인을 보고 "잠자는 사람"이라고 했다. 때는 1870년이다. 독
일 프러시아군이 프랑스를 침공해 치열한 전투가 벌어지고 많
은 사람이 죽었다. 죽어 있는 군인의 비참한 모습을 그려 전쟁
은 허무하다는 것을 알리려고 했다. 적군인지 아군인지 가리
지 않았다. 애도하고 명복을 빈다는 말도 하지 않았다. 눈에
보이는 것만 적나라하게 그려 충격을 주었다.

제1연에서는 골짜기의 모습을 그렸다. 강물이 활기차게 흐르고 물풀이 흔들린다. 멀리서 오는 장엄한 햇빛에 물방울이 날린다. 이렇게 말하면서 자연은 살아 있다고 했다. 제2연에서는 활기에 찬 자연과는 대조를 이루면서 병사 하나가 쓰러져 누워 잠든 모습을 하고 있다고 했다. 제3연에는 사연의 온기를 죽은 사람에게 전해주라고 했다. 제4연 말미에서 "오른쪽 옆구리에는 구멍이 두 개 나 피를 흘린다"고 해서 죽음에 이르게 한 상처를 보여주었다.

자연은 색채가 화려하고 움직임이 활발하고, 죽음 사람은 창백한 모습을 하고 아무 반응도 없다는 것을 거듭 대조해 알렸다. 자연과 더불어 생명의 즐거움을 누려야 할 사람이 왜 서로 죽여 비참한 모습을 만들어내는가? 이런 의문을 제기하면서 전쟁을 반대하는 뜻을 전했다.

황현(黃玹), 〈**연곡 싸움터에서 의병장 고광순을 조상한다**(燕谷戰場吊高義兵將光洵)〉

千峰燕谷鬱蒼蒼
小刦虫沙也國殤
戰馬散從禾隴臥
神烏齊下樹陰翔
我曹文字終安用
名祖家聲不可當
獨向西風彈熱淚
新墳突兀菊花傍

봉우리 많은 연곡사 골짜기 울창한 곳에서
나라를 위해 나선 사람들 싸우다가 죽었구나.
전투하던 말은 찢겨져 논두렁에 누워 있고,
까마귀만 모여들어 나무 그늘에서 나래 친다.

글을 한다는 우리는 무슨 소용이 있는가?
조상 이름 가문 자랑으로 버틸 수는 없다.
가을바람에 홀로 서서 뜨거운 눈물 뿌리는데,
들국화 옆에다 만든 새 무덤이 우뚝하다.

　황현은 한국 조선시대 말기의 시인이다. 일본의 침공에 맞
서서 싸우다가 희생된 의병의 자취를 찾아 이 시를 지었다. 의
병장 고광순이 순국하고, 황현이 이 시를 지은 해는 1907년이
다. 의병 전쟁이 패배하고 1910년에 국권이 침탈당하자 황현
은 자결했다.

　연곡사는 지리산에 있는 절이다. 그 근처에서 전투가 벌어져
나라 위해 나선 사람들이 희생되었다. 전투가 끝난 뒤의 처참
한 광경을 그렸다. 자기는 나서서 싸우지 못하고 시나 짓는다
고 탄식하고, 지체가 낮다는 사람들의 순국을 보고 조상과 가
문을 자랑하면서 양반 노릇을 하는 것이 부끄럽다고 말했다.
결말에 이르러서는 무덤 앞에서 눈물을 흘린다는 추모시의 상
용구에 예사롭지 않게 심각한 의미를 부여했다.

맥크래John McCrae, 〈플랜더즈 전쟁터에서In Flanders
Fields〉

In Flanders fields the poppies blow
Between the crosses, row on row,
That mark our place; and in the sky
The larks, still bravely singing, fly
Scarce heard amid the guns below.

We are the Dead. Short days ago
We lived, felt down, saw sunset glow,
Loved and were loved, and now we lie

In Flanders fields.

Take up our quarrel with the foe:
To you from failing hands we throw
The torch; be yours to hold it high,
If ye break faith with us who die
We shall not sleep, though poppies grow
In Flanders fields.

플랜더즈 들판에 양귀비꽃이 피어 있다.
묘지를 표시하는 십자가 사이로, 줄줄이.
그것은 우리가 있는 곳이 어딘지 표시한다.
종달새가 하늘에서 여전히 힘차게 날며 부르는 노래는
아래에서 나는 총성 때문에 간신히 들린다.

우리는 죽었다. 며칠 전까지 살았던 우리는
쓰러져 누워 해가 지면서 커지는 모습을 본다.
사랑을 하기도 받기도 했지만, 지금은
플랜더즈 들판에 누워 있다.

적과의 다툼을 계속하라.
너희에게, 손에 든 횃불을 쓰러지는 자세로
너희에게 넘겨주니, 높이 들어라.
너희가 죽은 우리와 믿음의 유대를 끊으면,
우리는 죽지 않으리라,
플랜더즈의 들에 양귀비가 피어도.

맥크래는 캐나다인 의사이고 시인이다. 제1차 세계대전에
군의관으로 참전해 벨기에 땅 플랜더즈에서 1915년 5월 2일
이 시를 지었다. 전사들이 살아 있는 사람들에게 하는 말로 전
쟁에 관한 생각을 전했다.

서두아 견만에 거듭 등장하는 상기비꽃은 몇 가지 특징이 있어 선택되었다. 색깔이 짙고, 피로 물든 땅에서 잘 자란다고 하고, 몽환을 일으키는 마약을 산출한다. 셋 다 죽음과 연관이 있다. 종달새는 죽음과는 대조가 되는 자연의 활력을 나타낸다.

　"적과의 다툼을 계속하라", 햇불을 "넘겨주니, 높이 들어라"라고 하면서 죽은 사람은 죽었어도 전쟁을 계속하라고 했다. 죽은 사람의 희생을 잊지 말고 믿고 당부하는 말을 저버리지 않아야 한다고 했다.

제13장
아내 애도, 차분하게

매요신(梅堯臣), 〈아내를 애도한다(悼亡)〉

結發爲夫婦
於今十七年
相看猶不足
何況是長捐
我鬢已多白
此身寧久全
終當與同穴
未死淚漣漣

머리 풀고 부부가 된 지
지금까지 십칠 년 되어,
서로 바라보아도 모자라는데,
어째서 영영 이별한단 말인가.
내 머리 이미 많이 희어져,
몸을 어찌 오래 보존하겠나.
마침내 한 구덩이에 갈 것이나
아직 죽지 못해 눈물 흘린다.

　매요신은 중국 송나라 시인이다. 아내를 잃은 슬픔을 마땅히
할 만한 말을 적절하게 배열해 나타냈다. 이 시가 널리 알려져
아내를 애도하는 시가 이어져 한시의 한 갈래를 이루었다. 비
슷한 것을 다른 언어의 시에서는 찾기 어렵다.

이달(李達), 〈아내를 애도하는 시(悼亡詩)〉

粧匳蟲網鏡生塵
門掩桃花寂寞春
依舊小樓明月在
不知誰是捲簾人

겻대에는 거미 줄, 거울에는 먼지만 끼고,
문 닫힌 채 복사꽃만 쓸쓸한 봄이네.
옛날대로 다락 위엔 달빛이 밝은데,
누가 주렴 걸을 사람인지 모르겠네.

　이달은 한국 조선 중기의 시인이다. 죽은 아내를 애도하면서
슬픔을 직접 나타내지 않고 주위에 보이는 것들을 묘사했다.
아내가 쓰던 경대에는 거미가 줄을 치고, 거울에는 먼지가 끼
었다는 말로 아내가 떠난 지 오래 되어, 허전하고 쓸쓸한 마음
달래기 어렵다고 넌지시 일렀다. 복사꽃 피는 봄도, 달빛 밝은
가을도 함께 즐길 이가 없고, 문을 닫고 주렴을 드리워 외면한
다고 했다.
　시조나 사설시조에는 사랑을 잃고 괴로워하는 여성의 심정을
나타낸 작품이 많은 것만큼 한시에는 죽은 아내를 애도하는 한
시가 많다. 남녀가 사랑의 노래를 서로 대조가 되게 만들어내
짝을 이루었다. 양쪽 노래에 각기 있는 고정된 격식을 자기 생
각대로 변형시킨 것도 상통한다. 모두 함께 들으면 거대한 규모
의 사랑 합창이다.

임숙영(任叔英), 〈**아내를 위해 곡한다**(哭內)〉

大抵婦人性
貧居易悲傷
嗟嗟我內子
在困恒色康

大抵婦人性
所慕惟榮光
嗟嗟我內子
不羨官位昌

知我不諧俗
勸我長退藏
斯言猶在耳
雖死不能忘

惻惻念熲戒
慷慨庶自將
莫言隔冥漠
視我甚昭彰

대체로 보아 부인의 성품은
가난하면 마음 상하기 쉬운데,
가련하도다, 내 아내는
곤궁해도 늘 안색이 온화했다.

대체로 보아 부인의 성품은
영광 누리는 걸 흠모하는데,
가련하도다, 내 아내는
높은 벼슬을 부러워하지 않았다.

세속과 못 어울리는 성품을 알아서
날더러 물러나 숨으라고 권했다.
이 말 아직도 귀에 남아 있도다.
떠나고 없어도 어찌 잊으랴.

밝게 경계한 말 마음에 사무쳐
슬퍼하면서 스스로 행하리라.
저승에 가고 없다고 하지 말자.
나를 환하게 비추어 보고 있다.

  임숙영은 한국 조선시대 시인이다. 아내를 애도하면서 곡을 하는 시를 지으면서 상례와는 다른 말을 선했나. 아내는 여자답지 않게 덕성이 훌륭해, 가난해도 마음 상하지 않고 벼슬하는 이를 부러워하지 않고, "세속과 못 어울리는 성품을 알아서/ 날더러 물러나 숨으라고 권"한 것을 감사한다고 했다.

박지원(朴趾源), 〈아내를 애도한다(悼亡)〉

同床少別已千年
極目歸雲倚遠天
後會何須烏鵲渡
銀河西畔月如船

不是山巔卽水邊
歸魂如旆夢如烟
半規黃月梅梢外
猶有寒禽半影眠

한 침상에서 지내다가 이별이 천년인가,
시력을 다해 먼 하늘로 가는 구름 바라보네.
나중에 만날 적에 하필 오작교 건너리오.
은하수 서쪽 가에서 달이 배와 같은데.

산꼭대기가 아니라면 강가이겠지.
돌아가는 넋은 깃발 같고 꿈은 연기 같네.
누런 반달이 매화가지 끝에 떠 있고,
겨울새는 반쯤 그림자에서 잠들었네.

　박지원은 한국 조선후기 작가이다. 산문 특히 소설의 새로운 경지를 열어 높이 평가된다. 시는 많이 쓰지 않았으나, 뛰어난 것이 있다. 이 작품도 그 가운데 하나이다. 헤어진 지 천년이나 된 것 같은 아내가 먼 하늘 구름이 되어 간다고 여겨 시력을 다해 바라본다고. 이렇게 시작하는 말이 범상하지 않다.

까막까치들이 오작교를 만들어주는 것을 기다리지 않고, 은하수 서쪽에 떠 있는 달을 배로 삼아 바로 가겠다고 말했다. 이내의 넋은 깃발 같이 꿈은 연기 같이 사라지고, 자기는 누런 반달이 떠 있는 아래 매화가지 그림자에서 잠든 겨울 새와 같은 신세가 되었다고 했다. 통상적인 내용에서 벗어나 있으며, 자기 내심을 적절하게 나타내는 표현을 얻었다.

신위(申緯), 〈아내를 애도한다(悼亡)〉

我自支離且小留
婦人厭世百無憂
癡情白髮轎前婢
上食移時哭未休
縱復榮觀日日新
思量判作踽凉身
非無眷屬堪娛老
不見當年結髮人

나는 이 지겨운 곳에 잠시 더 머물지만,
세상 싫어하는 부인은 온갖 근심 없겠소.
정이 너무 든 교전비 이제 백발인데,
상식하러 와서 곡을 그치지 않는구려.
영화가 날마다 새로 더해진다 한들
생각해 보니 쓸쓸한 신세 될 것만 같소.
노년을 위로할 권속이 없지야 않지만,
그 옛날 머리 풀던 사람은 보이지 않으니.

신위는 한국 조선후기의 시인이다. 이 시에서 아내의 죽음을 애도하는 사연은 좀 복잡하다. 제1·2행에서는 부부가 모두 세상에 사는 것을 지겹게 여겼다 하고, 먼저 간 아내는 이

제 근심이 없을 것인데, 기기는 김시 미무튼나고 했다. 제2행의 "厭"은 제7행의 "娛"와 반대가 된다. 지겹다는 세상에서 자기는 즐거움을 누린다고 했다.

제3행의 "轎前婢"(교전비)는 아내가 시집 올 때 데리고 온 종이다. 이제 백발이 되었으나 아내와 깊은 정이 들어 상식을 할 때 울음을 그치지 않는다고 일렀다. 이 교전비가 제7행에서 말한 "노년을 위로할 권속"일 것이다. 아내가 갔어도 자기는 아주 외롭지 않다고 했다. 이것이 아내 덕분이라는 말은 하지 않았다.

김정희(金正喜), 〈귀양살이하는 곳에서 아내의 죽음을 애도한다(配所輓妻喪)〉

那將月姥訟冥司
來世夫妻易地爲
我死君生千里外
使君知我此心悲

장래 일을 월로께 저승에서 하소연해
내세에는 부부 사이의 위치를 바꾸어,
나는 죽고 그대는 천 리 밖에 살아서
그대가 나의 이 슬픔 알게 했으면.

사랑하는 이성을 잃어 사별을 하면 자연사인지 사고사인지 가릴 것 없이 비탄이 크다. 사별을 비탄하는 시를 남녀 양쪽이 다 짓지만 처지가 다르다. 남성과 사별한 여성의 시는 찾아내기 어렵고, 여성과 사별한 남성의 시가 남성의 명성에 비례해 널리 알려져 있다.

이것은 당대 명사이고 서예가로 널리 알려진 김정희가 참판의 직위에 있다가 귀양 가 제주도에 있을 때 아내의 부음을 받고 지은 시이다. 명성이 높지만 정감은 어떨지 의문이라는 선

입견을 일거에 뒤집는 충격을 준다. 유학자에게는 어울리지 않은 도교와 불교의 상상력을 가지고 이승의 사랑을 내세까지 잇고자 했다.

"일로"(月姥)는 남녀의 박을 끈으로 묶어 부부가 되게 해준다는 도교의 선인이다. 죽은 아내와 다음 생에서도 부부가 되어 다시 만나고 남녀가 바뀌기를 소망했다. 불교에서 말하는 윤회를 시적 상상의 근거로 삼았다. 다음 생에는 아내가 된 자기가 먼저 죽고 남편이 된 아내는 살아, 지금 아내를 잃고 슬퍼하는 자기 심정을 알기 바란다고 술회했다. 아내를 잃은 슬픔이 너무 커서 이렇게까지 해야 해결된다고 하면서 아내에 대한 사랑이 극진함을 알렸다.

자세하게 살피면, 의미의 층위가 셋이다. (가) 아내를 잃은 슬픔을 죽은 아내는 알지 못해 안타깝다. (나) 자기와 아내가 다음 생에서 또 만나 다시 부부가 되기를 바란다. (다) 처지를 바꾸어 자기가 아내가 되고 아내가 남편이 되어 지금 자기가 겪고 있는 슬픔을 아내가 알 수 있기를 바란다. (가)만으로도 사랑이 지극한 것을 알 수 있다. (가)에서 말한 자기의 슬픔을 아내가 알 수 있으려면 (다)의 가정이 이루어져야 한다는 착상을 바로 연결시킬 수 있다. (가)와 (다) 사이에 (나)를 넣어 다음 생에서도 부부가 되자고 한 것은 (가)의 안타까움을 해결하는 데 그치지 않고 못다한 사랑을 이어가자는 말이다. 사랑의 강도가 (가)·(다)·(나) 순서로 크게 나타났다.

이건창(李建昌), 〈아내를 애도한다(悼亡)〉

未乾梧捲淚
仍積簟牀塵
更忍中門入
家居亦外人

何嘗望作郡
稍已識居鄉
小福難消受
門前紫稻香

兒小不知哭
哭聲似讀書
忽然啼不住
簌簌淚連珠

술잔의 눈물 마르기도 전에
살평상엔 먼지가 가득해지네.
안으로 차마 들어가지 못하겠네.
살던 집인데 나그네 같구나.

어찌 고을살이 벼슬을 바랐었나.
고향 맛을 이제 조금 알겠는데,
복이 적어 누리지 못하다니,
문 앞에 익은 벼 향기로운데.

아이는 어려서 곡할 줄 몰라
곡성을 글 읽는 소리처럼 내다가.
갑자기 울어대고 멈추지 않더니
하염없는 눈물을 구슬같이 흘린다.

이건창은 한국 조선시대 말기의 시인이다. 죽은 아내를 애
도하는 시를 세 수 지었다. 첫 수에서는 아내의 제사를 지내
자 집이 너무 쓸쓸하다고 했다. 살던 집에 들어가는데도 자기
가 나그네 같다고 한 것은 절묘한 발상이고 표현이다. 둘째 수
에서는 벼슬을 그만두고 고향에 돌아와 사는 기쁨을 누리지 못
하고 아내가 떠난 것을 한탄했다. 셋째 수에서 아이가 어머니
의 죽음이 실감 나지 않아 건성으로 곡을 하다가 갑자기 울음
을 터뜨리고 멈추지 못하는 모습을 실감 나게 그렸다.

아놀드Matthew Arnold, 〈망자를 위한 기도Requiescat〉

Strew on her roses, roses,
And never a spray of yew!
In quiet she reposes;
Ah, would that I did too!

Her mirth the world required;
She bathed it in smiles of glee.
But her heart was tired, tired,
And now they let her be.

Her life was turning, turning,
In mazes of heat and sound.
But for peace her soul was yearning,
And now peace laps her round.

Her cabin'd, ample spirit,
It flutter'd and fail'd for breath.
To—night it doth inherit
The vasty hall of death.

아내에게 장미를, 장미를 얹고.
주목을 뿌리지는 말아라!
조용히 아내는 쉬고 있다;
아, 나도 그렇게 하리라!

아내의 웃음을 온 세상이 원했다;
아내는 세상을 상냥한 미소로 감쌌다.
그러나 아내는 정신이 피곤, 피곤해졌다.
이제 사람들이 아내가 가도록 둔다.

아내의 생명은 선회하고 선회했다,

열기와 소리가 휘감긴 미로 속에서.
그래도 마음으로는 평화를 열망하더니,
이제는 평화가 주위에서 맴돈다.

정신이 넓어도, 몸은 갇혀 있다.
흔들어도 숨을 쉬지 못한다.
오늘 밤에 물려받는다,
죽음의 커다란 공간을.

아놀드는 영국의 근대시인이다. 이 시에서 죽은 아내를 위해 기도를 드리는 말을 차분하게 적었다. 망자를 위해 기도하는 격식이 고정되어 있었겠는데, 그 때 하는 말을 시로 쓴 것은 쉽사리 발견되지 않는다. 유럽에는 아내를 조상하는 시를 쓰는 관습이 없어 작품을 찾기 어렵다.

아내를 일컬은 3인칭 대명사 "she"를 "그녀"라고 번역하면 분위기가 깨어지므로 "아내"라고 했다. 아내를 칭송하고 죽음을 애석하게 여기는 말을 차분하게 이었다. 기도라고 하고서도 종교적인 소망을 말하지는 않았다.

샤그노François Chagneau, 〈너는 가는구나Tu t'en vas〉

Tu n'as pas attendu que soient tournées les pages que nous
  voulions écrire ensemble,
tu t'en vas, et tu n'as pas attendu le temps de la moisson,
le temps de récolter ce qu'ensemble nous avions semé.

Tu t'en vas et tu n'as pas attendu que la maison soit finie, les
  enfants élevés.
Tu t'en vas et tu n'as pas attendu que nous prenions le temps
  de nous réconcilier

avec ceux qui nous ont fait du mal, avec ceux que nous avons
  blessés.

Pourtant j'espère que Dieu t'attend, j'espère qu'Il te
pardonnera ce que d'autres ne t'ont pas pardonné.

J'espère que Dieu fera mûrir les semences déposées en terre,
les projets encore en devenir et les amitiés qui commençaient
  à fleurir.

그대는 우리가 함께 쓰는 글의 페이지가 넘어가는 것을
  기다리지 않았다.
그대는 가버리고, 추수할 시기를,
우리가 함께 씨 뿌린 곡식을 거두어들이는 시기를 기다
  리지 않았다.

그대는 가버리고, 집이 완공되고, 아이들이 크는 것을 기
  다리지 않았다.
그대는 가버리고 우리가 해를 끼치고 상처를 입힌 사람
들과 화해를 하는 시기를 기다리지 않았다.

그렇지만 나는 바라노라, 하느님은 그대를 맞이하고,
그대를 용서하지 않은 다른 사람들을 대신해 그대에게
  용서 하리라고.

나는 바라노라, 하느님은 우리가 땅에 뿌린 종자가 여물
  게 하리라고,
장래의 계획을 성취하고, 시작 단계의 우정이 꽃피게 하
  리라고.

샤그노는 프랑스 현대시인이다. 이것이 죽은 아내에게 주는
시의 드문 예이다. 아내가 젊어서 죽은 것을 안타깝게 여기면

서, 할 말은 단단하게 했다. 모든 미원의 파입이 하느님의 노움으로 이루어지기를 바란다고 했다.

제14장
아내 애도, 격렬하게

포오Edgar Allan Poe, 〈애너벨 리Annabel Lee〉

It was many and many a year ago,
In a kingdom by the sea,
That a maiden there lived whom you may know
By the name of Annabel Lee;
And this maiden she lived with no other thought
Than to love and be loved by me.

I was a child and she was a child,
In this kingdom by the sea:
But we loved with a love that was more than love —
I and my Annabel Lee;
With a love that the winged seraphs of heaven
Coveted her and me.

And this was the reason that, long ago,
In this kingdom by the sea,
A wind blew out of a cloud, chilling
My beautiful Annabel Lee;
So that her highborn kinsmen came
And bore her away from me,
To shut her up in a sepulchre
In this kingdom by the sea.

The angels, not half so happy in heaven,
Went envying her and me —
Yes! — that was the reason(as all men know,
In this kingdom by the sea).
That the wind came out of the cloud by night,
Chilling and killing my Annabel Lee.

But our love it was stronger by far than the love
Of those who were older than we —

Of many far wiser than we —
And neither the angels in heaven above,
Nor the demons down under the sea,
Can ever dissever my soul from the soul
Of the beautiful Annabel Lee:

For the moon never beams, without bringing me dreams
Of the beautiful Annabel Lee;
And the stars never rise, but I feel the bright eyes
Of the beautiful Annabel Lee;
And so, all the night-tide, I lie down by the side
Of my darling — my darling — my life and my bride,
In her sepulchre there by the sea,
In her tomb by the sounding sea.

아주 오래, 오래 전에
바닷가에 있는 왕국에서
당신이 아는 한 소녀가 살았네.
그 이름은 애너벨 리—
소녀는 다른 생각은 하지 않고
나를 사랑하고 내 사랑을 받았네.

소녀도 어리고 나도 어렸지.
이 바닷가 왕국에서
우리는 사랑 이상의 사랑을 했네.
나와 내 애너벨 리는
날개 달린 천상의 천사도
소녀와 나를 부러워할 사랑을.

그것이 이유였지, 아주 오래 전에
이 바닷가 왕국에
구름으로부터 불어온 바람이

나의 아름다운 애너벨 리를 싸늘하게 했네.
그러자 지체 높은 친척들이
소녀를 내게서 빼앗아 갔네,
무덤에 가두어 두려고,
이 바닷가 왕국에.

천상에서 반쯤밖에 행복하지 못한
천사들이 소녀와 나를 시기했던 탓이네.
그렇지! 그것이 이유였다(모든 사람들이 알듯이,
바닷가 이 왕국에서).
밤에 구름에서 바람이 불어와
나의 애너벨 리를 싸늘하게 하고 숨지게 한 것은.

그렇지만 우리 사랑은 훨씬 강해
우리보다 나이 먹은 사람들의 사랑보다도...
우리보다 현명하다는 사람들의 사랑보다도...
그래서 천상의 천사들도
바다 밑에 있는 악마들도
내 영혼을 떼어내지는 못했네.
아름다운 애너벨 리의 영혼으로부터.

달도 비치지 않네,
아름다운 애너벨 리의 꿈을 내게 보내지 않고서는.
별도 떠오르지 않네,
내가 아름다운 애너벨 리 눈이 빛나는 것이 느껴지지 않으면.
그래서 나는 밤새도록 누워 있네.
나의 사랑, 나의 사랑, 나의 생명, 나의 신부 곁에 누워 있네.
소녀가 묻혀 있는 바닷가
바다 소리 소녀의 무덤에.

포오는 미국 근대시인이다. 이 작품에서 아내의 죽음을 애도하는 말을 길게 했다. 전승되는 틀이 없어 자기 나름대로 시를 지어 사연이 장황하다. 애도의 대상을 아내라고 하지 않고 사랑하는 사람이라고 한 것이 다르다. 아내를 맞이한 다음 사랑이 생긴 것이 아니고, 사랑해 결혼을 하고자 했기 때문이다. 이 점은 지금부터 다루는 시에 모두 해당한다.

포오는 세상을 등지고 고독에 사로잡혀 기행을 일삼는 미국의 방외인이었다. 오직 사랑에서 위안을 얻고 희망을 찾다가, 뜻하지 않게 아내와 일찍 사별해 큰 충격을 받았다. 사랑하는 사람이 세상을 떠났어도 위안과 희망을 버리지 않고, 기억을 되살리면서 무덤 곁에서 찾는다고 하는 시를 길게 지었다.

먼저 번역에 관한 말부터 하기로 한다. 3인칭 여성대명사 "she"를 "그녀"라고 번역하면 분위기를 깬다. "그녀"는 잘난 척하는 여자를 못마땅하게 여기면서 일컫는 의미가 있다고 나는 이해한다. 우리 옛말에서는 "그녀"가 없고 "그"도 자주 사용하지 않았으며, 이름을 되풀이하기도 하고 일컫는 사람이 누구인지 구별해 적절한 명사를 사용하기도 했다. 이 시에서는 "애너벨 리"라는 이름을 되풀이하다가 "she"라고 하기도 하므로, "she"는 "낭자"라고 하면 되지만, 이미 고어가 되어 통하지 않으므로 오늘날 말인 "소녀"로 바꾼다.

제1·2연에서 사랑을 최대한 미화했다. 제3·4연에서는 둘의 사랑을 땅에서도 하늘에서도 시기해 사랑하는 사람이 죽게 되었다고 말했다. 제5·6연에서는 사랑하는 사람이 죽었어도 잊을 수 없으며 사랑이 절대적이고 영원하다고 전했다. 이런 말을 상상·과장·영탄을 연결시켜 하면서, 현실에서 벗어나 하늘나라까지 이어지고 천체의 운행과도 연결되는 동화를 지어냈다.

커밍스E.E. Cummings, 〈나는 그대의 심장을 지니고
다닌다I Carry Your Heart With Me〉

i carry your heart with me (i carry it in
my heart) i am never without it (anywhere
i go you go, my dear; and whatever is done
by only me is your doing, my darling)

i fear
no fate (for you are my fate, my sweet) i want
no world (for beautiful you are my world, my true)
and it's you are whatever a moon has always meant
and whatever a sun will always sing is you

here is the deepest secret nobody knows
(here is the root of the root and the bud of the bud
and the sky of the sky of a tree called life; which grows
higher than soul can hope or mind can hide)
and this is the wonder that's keeping the stars apart

i carry your heart (i carry it in my heart)

나는 그대의 심장을 지닌다 (나는 그것을
내 심장에 지닌다) 그것이 없을 때는 없다
(내가 가는 곳에 그대도 간다, 내 사랑하는 이여,
내가 하는 것은 그대도 한다, 내 사랑하는 이여)

나는 두려워한다
운명이 없을까 (그대가 내 운명이기 때문이다, 내 정다운 이여)
나는 세계를 원하지 않는다 (아름다운 그대가 내 세계이
  기 때문이다, 내 진실한 이여)
달이 뜻하는 모든 것
그리고 해가 노래하는 모든 것이 그대이다.

여기 아무도 모르는 가장 깊은 비밀이 있다
(여기 뿌리의 뿌리, 새싹의 새싹 그리고 하늘의 하늘 생
명이라고 하는 나무가 있다 ; 그 나무는 영혼이 바라는 것
보다 마음이 감출 수 있는 것보다 높이 자란다)
그것은 별들이 떨어져 있게 하는 경이이다

나는 그대의 심장을 지닌다 (나는 그것을 내 심장에 지닌다)

커밍스는 미국 현대시인이다. 이 시에서 아내가 죽었다고 명시
하지는 않고, 사랑하는 사람이 가고 없어도 마음속에 잡고 있다고
했다. 소문자만 쓰고, 괄호 안에 덧붙이는 말을 쓰고, 구두점이 꼭
필요한 데만 찍는 특이한 표기법을 사용했다. 뒤의 두 가지는 번
역에서 그대로 살렸다. 이별을 거부하는 열렬한 사랑에 관해 오래
두고 해온 말을 아주 새로운 방식으로 참신하게 다시 했다.

하이네 Heinlich Heine, 〈나는 잊을 수 없다 Ich kann es
nicht vergessen〉

Ich kann es nicht vergessen,
Geliebtes, holdes Weib,
Daß ich dich einst besessen,
Die Seele und den Leib.

Den Leib möcht ich noch haben,
Den Leib so zart und jung;
Die Seele könnt ihr begraben,
Hab selber Seele genung.

Ich will meine Seele zerschneiden,
Und hauchen die Hälfte dir ein,
Und will dich umschlingen, wir müssen

Ganz Leib und Seele sein.

나는 잊을 수가 없다.
사랑하던 너, 귀여운 여인이여.
내가 한때 정신과 육체를
다 차지했던 너.

나는 지금도 차지하고 싶다,
부드럽고 젊은 육체를.
정신은 땅에 묻더라도.
내가 충분히 지니고 있다.

내가 지닌 정신을 나누어
절반에다 입김을 불어넣어
너를 휩싸 얼싸안으면서,
육체도 정신도 합치리라.

　하이네는 독일 낭만주의 시인이다. 이 시에서 사랑하는 사람
이 죽어 땅에 묻는 슬픔을 나타냈다. 제1연에서 "내가 한때 정
신과 육체를 다 차지했던 그대"라고 한 것을 보면 평생을 함께
하는 배우자는 아니고 일시적인 연인이었다. 제2연에서는 연인
의 육체는 아쉽고, 정신은 자기가 두 사람 몫을 충분히 지녀 아
쉽지 않다고 일렀다. 제3연에서는 자기가 지닌 정신을 반 나누
어 땅에 묻힌 죽은 사람에게 주어 육체와 정신이 다시 하나가
되게 하겠다고 했다. 갈라진 육체를 정신으로 합치겠다고 했다.

컬런Countee Cullen, 〈사랑 상실The Loss Of Love〉

All through an empty place I go,
And find her not in any room;

The candles and the lamps I light
Go down before a wind of gloom.
Thick—spraddled lies the dust about,
A fit, sad place to write her name
Or draw her face the way she looked
That legendary night she came.

The old house crumbles bit by bit;
Each day I hear the ominous thud
That says another rent is there
For winds to pierce and storms to flood.

My orchards groan and sag with fruit;
Where, Indian—wise, the bees go round;
I let it rot upon the bough;
I eat what falls upon the ground.

The heavy cows go laboring
In agony with clotted teats;
My hands are slack; my blood is cold;
I marvel that my heart still beats.

I have no will to weep or sing,
No least desire to pray or curse;
The loss of love is a terrible thing;
They lie who say that death is worse.

어디를 가나 비어 있다.
그 여자는 어느 방에도 없다.
양초나 등불을 켜도
침울한 바람이 불어 끈다.
거미가 저 위에서 먼지를 일으킨다.
그 여자의 이름을 쓰거나

179

전설적인 밤에 그 여자가 와서 바라보던
그 모습을 그리기 좋은 곳이다.

낡은 십이 조금씩 망가진다
날마다 불길한 소리가 들린다.
셋집이 하나 더 있어 그 쪽으로
바람이 들이치고 폭풍이 넘친다고 한다.

내 과수원은 신음하면서 과일이 늘어졌다.
거기 슬기로운 인디안 벌들이 돌아다닌다.
나는 과일이 썩게 내버려둔다.
땅에 떨어진 것이나 먹는다.

둔중한 암소는 고생을 하고 있다,
젖꼭지가 엉켜서.
내 손은 늘어지고, 피는 차다.
가슴이 아직 뛰고 있는 것이 놀랍다.

나는 울거나 노래하고 싶지 않다.
기도하거나 저주하고 싶은 생각도 아주 없어졌다.
사랑을 잃은 것은 끔찍한 일이다.
죽음이 더 좋다는 것은 거짓말이다.

　이 시를 지은 사람은 미국 근대 흑인시인이다. 흑인문학 운
동을 일으켰다. 제1-2연에서는 사랑하는 여자가 없어져서 생
긴 공허와 허탈을 묘사했다. 제3-4연에서 한 말은 실제 상황
이라고 보면 자기가 하는 일이 잘 되지 않는다는 한탄이다. 제
5연에서 끔찍한 일을 당해 절망이 극도에 이르렀다고 했다.

도종환, 〈옥수수밭 옆에 당신을 묻고〉

견우직녀도 이날만은 만나게 하는 칠석날
나는 당신을 땅에 묻고 돌아오네.
안개꽃 몇 송이 땅에 묻고 돌아오네.
살아 평생 당신께 옷 한 벌 못해 주고
당신 죽어 처음으로 베옷 한 벌 해 입혔네.
당신 손수 베틀로 짠 옷가지 몇 벌 이웃에 나눠 주고
옥수수 밭 옆에 당신을 묻고 돌아오네.
은하 건너 구름 건너 한 해 한 번 만나게 하는 이 밤
은핫물 동쪽 서쪽 그 멀고 먼 거리가
하늘과 땅의 거리인 걸 알게 하네.
당신 나중 흙이 되고 내가 훗날 바람 되어
다시 만나지는 길임을 알게 하네.
내 남아 밭 갈고 씨 뿌리고 땀 흘리며 살아야
한 해 한 번 당신 만나는 길임을 알게 하네.

도종환은 한국 현대시인이다. 이 시에서 죽은 아내를 땅에
묻고 돌아오는 슬픈 심정을 나타내, 조선시대에 아내를 애도
하던 시와 가까워졌다. 죽은 아내와 자기는 은하의 동서쪽, 하
늘과 땅의 거리만큼 멀어졌지만, "당신 나중 흙이 되고 내가
훗날 바람 되어"서라도 다시 만나자고 한 것은 전통의 재창조
라고 할 수 있다. 그러면서 아내를 묻은 곳과 묻은 방식에 관
한 말은 달라졌다.

김소월, 〈초혼〉

산산히 부서진 이름이여!
허공중에 헤어진 이름이여!

불러도 주인 없는 이름이여!
부르다가 내가 죽을 이름이여!

심중에 남아 있는 말 한 마디는
끝끝내 마저 하지 못하였구나.

사랑하던 그 사람이여!
사랑하던 그 사람이여!

붉은 해는 서산 마루에 걸리었다.
사슴의 무리도 슬피 운다.

떨어져 나가 앉은 산 위에서
나는 그대의 이름을 부르노라.

설움에 겹도록 부르노라.
설움에 겹도록 부르노라.

부르는 소리는 비껴 가지만
하늘과 땅 사이가 너무 멀구나.

선 채로 이 자리에 돌이 되어도
부르다가 내가 죽을 이름이여!

사랑하던 그 사람이여!
사랑하던 그 사람이여!

한국 근대시인 김소월이 지은 이 시는 널리 알려졌으나, 이해하는 데 어려움이 있다. 아내를 애도하는 조선시대의 시와 아주 다르다. 누군지 밝히지 않은 사랑하는 사람과 사별했다고 암시했을 따름이고, 의문을 해결해주는 설명이 전혀 없다.

그런데 절제된 암시의 시를 짧게 끝내지 못하고 사랑하던 사람을 애타게 부르는 말을 되풀이해 과장된 영탄을 하는 시가 되고 말았다. 하늘을 향해 울부짖으면서도 초자연적인 상상력은 동원하지 않고, 제9연에서 "선 채로 이 자리에 돌이 되어도" 사랑하던 사람의 이름을 부른다고 한 데서 변신의 상상을 말했을 따름이다.

김소월은 〈진달래꽃〉이나 〈님의 노래〉에서 차분한 목소리를 들려주었다. 결별하고 떠나는 님을 고이 보낸다 하고, 님의 기억이 노래로 남은 것을 듣다가 잊어도 어쩔 수 없다고 했다. 그런데 여기서는 긴박한 영탄을 되풀이하는 것이 무슨 까닭인가? 자기를 버리고 떠났어도 살아 있던 님이 죽었다는 소식을 들었기 때문인가? 떠난 님은 생사가 중요하지 않고, 생사를 확인하기도 어렵다. 님이 죽었다는 소식을 전해 듣고 갑자기 견딜 수 없는 비탄에 사로잡히는 것은 자연스럽지 않다. 님이 떠나지 않고 바로 죽으면 사정이 달라지지만, 결별이냐 사별이냐 하는 것보다 자기 마음이 더 중요하다. 사별을 해야 하는 상황이 닥치자 눌러 두었던 슬픔이, 눌러둔 압력이 가중되어 일거에 폭발해 이 시를 이루었다고 보는 것이 마땅하다.

창작의 유래나 다룬 상황과 관련시켜 이 시를 이해하고 말 것은 아니다. 특정한 유래나 상황과는 무관하게 누구에게나 축적되어 있는 절망과 비탄의 심정이 이 시에서처럼 발할 수 있다. 광막한 천지를 향해 불러도 대답이 없는 이름을 부르다가 죽는다는 것은 인간 존재의 근원적인 고독이고 절망이다. 사랑하는 님은 실체라기보다 표상이라고 하는 것이 더 적합하다. 희망을 제시하기도 하고 절망을 촉발하기도 하는 이중의 기능을 수행하는 표상이다. 두 기능은 표리의 관계를 가지고 서로 강화한다. 〈진달래꽃〉에서 희망이 절망으로 바뀌는 변화를 말해주고, 〈님의 노래〉에서 남아 있는 희망을 전하다가, 이 시에서는 절망을 폭발시켰다. 희망과 절망의 양면을 절망에다 비중을 두고 나타냈다.

제15장
남편 애도

김만중(金萬重), 〈단천절부시(端川節婦詩)〉

京洛百萬戶
何處是君家
路從相識問
君家誠易知
外庭設柳車
內庭設素幃
遠行已有日
親賓紛雜沓
上堂拜尊姑
慈顏忽不霽
咄汝何用見
兒病爾爲祟
入閨拜女君
妖狐禍人家
爾來更誰媚

서울 백만 호 가운데,
어느 곳이 낭군님 집인가?
길에서 아는 사람더러 물어,
낭군님 집은 쉽게 찾았으나,
바깥마당에 상여가 서 있고,
안마당에는 빈소를 차렸어요.
멀리 간 지 며칠 되었고,
친척과 손님들만 분잡해요.
마루에 올라 시어머니 뵈오니,
얼굴이 갑자기 언짢아지더니,
"쯧쯧, 네가 어찌 와서 보나?
아이의 병이 너 때문인데."
방에 들어가 마님께 절하니,
"요망한 여우 집에 화를 끼치더니,

186

누구를 또다시 호리러 왔나?"

　김만중은 한국 조선후기 문인이다. 《구운몽》과 《사씨남정기》를 써서 소설가로 널리 알려졌으나, 한시도 주목할 만한 것을 남겼다. 이 시에서 낭군의 죽음을 애도하는 여인의 모습을 그렸다.

　이름이 일선(逸仙)이라고 하는 함경도 기생이 잠시 사랑을 나누다가 서울로 간 낭군을 잊지 못해 자기 처지를 넘어서고자 한 이야기를 들려주었다. 안찰사의 수청을 들라는 태수의 명령을 거역하고 몰래 도망쳐 서울로 찾아가니, 낭군은 이미 죽고 없었다고 했다. 찾아가 통곡을 하고 싶어도 그럴 처지가 아니었다. 문상도 제대로 하지 못했다고 위에서 든 대목에서 말했다.

　시인은 여인의 마음속을 대변하지 않고 주위에서 일어나는 일을 살폈다. 말은 간략하게 하면서 장면묘사를 정확하고 생생하게 했다. 시어머니와 본부인이 각기 말 한 마디씩만 했으나 성격이 뚜렷하게 나타나 있다. 세상일이 혼자 생각하고 상상한 것과 얼마나 다른지 분명하게 알려주었다.

　한국 전통사회에 남편이 아내의 죽음을 애도한 시를 짓는 것은 이미 고찰한 바와 같이 관례가 되어 흔히 있었다. 그러나 아내가 남편의 죽음을 애도한 시는 발견되지 않는다. 여염집 아내는 남편의 죽음을 애도한다고 시를 쓰는 것이 마땅하지 않다고 여겼으며, 쓴다 해도 밖으로 알려지지 않았다. 슬픔마저 밖으로 내보이지 않는 것이 현숙한 부녀의 행실이었다.

　기녀는 자유로울 수 있었다. 사랑 노래를 부를 수도 있고, 사랑하는 사람의 죽음을 애도할 수도 있었다. 그런데 기녀가 남긴 사랑과 이별의 노래는 많고 많으나 사랑하는 사람의 죽음을 애도하는 노래는 보이지 않는다. 죽음은 이별의 연장일 따름이고, 자기가 특별히 감당할 임무도, 새삼스럽게 말할 사연도 없었기 때문이 아닌가 한다.

　이 시에 등장하는 일선은 기생이면서 기생이 아니고자 해서,

사랑하는 사람이 죽었다는 말을 듣고 찾아가는 파격적인 행보를 보였다. 가서 통곡하는 심정을 술회하지 못하고, 어색한 행동을 하기만 했다. 가련한 여인의 모습을 동정하면서 그린 시이이 더 나아가지 못했다.

브라우닝Elizabeth Barrett Browning, 〈그대 없이Missing You〉

I sit alone now in the darkness of despair.
I cry my silent tears,
My heart is broken into a million tiny pieces.
The silence is deafening to my ears.
The darkness frightens me,
The shadows climb the wall.
I hear footsteps walking,
Passing through the hall.
The loneliness surrounds me,
It takes my breath away,
This is the pattern of my life,
Since that awful, dreadful day.
Without a clue
Without a hint
Of what was yet to be,
God called you home
To be with him
And took you away from me.
I walk, I talk. I carry on
When the sun pokes out its head
But when darkness falls
And evening comes
I cannot go to bed.
For this is when I miss you most of all

When I curl into a little ball
And cry those silent tears.
Watching the shadows,
And missing you.

나는 절망의 어둠 속에 혼자 앉아 있다.
나는 소리 없이 눈물을 흘린다.
내 심장은 백만 조각으로 깨졌다.
침묵이 내 귀를 먹먹하게 한다.
어둠이 나를 겁나게 한다.
어둠이 벽으로 올라간다.
나는 발자국 소리를 듣는다.
거실을 지나가는 소리를.
고독이 나를 둘러싼다.
내 숨을 앗아간다.
나는 이렇게 지낸다,
끔찍하고 무서운 날 다음부터는,
단서도 없이,
암시도 없이,
어떤 일이 일어날까 하는.
하느님이 그대를 데려가
같이 있자고 하려고,
내게서 떼어놓은 다음에는,
나는 걷고, 말하고, 지껄인다,
해가 머리를 내밀 때면.
그러나 어둠이 내리면,
밤이 오면,
잠자리에 들 수 없다.
무엇보다도 그대가 없어서
작은 공속에 말려들고,
소리 없이 눈물을 흘리고,

그림자를 바라본다.
그대가 없어서.

엘리자베스 브라우닝은 영국 근대 여성시인이다. 이 시에서
남편이 죽어서 생긴 번뇌와 고통을 하소연했다. 장례를 지내
고 명복을 비는 절차는 말하지 않고, 남아 있는 자기의 불행만
토로했다.

마르텔Denise Martel, 〈내 사랑 그대 서둘러 떠나...Mon
chéri, par ton départ précipité...〉

Mon chéri, par ton départ précipité
Nos rêves ne seront jamais réalisés
Ensemble nous avons traversé vents et marées
Tu as toujours été là durant ces 4 dernières années
Dans la maladie tu m'a épaulée, consolée
Je n'entendrai plus ton rire, ne verrai plus tes grands yeux
Maintenant je suis seule et je pleure
J'aurai voulu te dire encore combien je t'aimais
Maintenant que tu es rendu auprès de dieu
Veille sur moi de là-haut et mets du baume sur mon coeur
pour alléger cette douleur qui m'effraie
Car je dois te laisser naviguer vers d'autres lieux
Même si tu es loin je te sens pourtant si près
Et dans mon coeur tu restera à jamais.
Trop aimé pour être oublié
Tu resteras toujours dans mes pensées.
À toi pour toujours mon amour
Ta femme pour la vie, même au-delà de la mort.

내 사랑 그대 서둘러 떠나,
우리의 꿈은 실현될 수 없게 되었다.

우리는 함께 바람과 물살을 건넜지.
그대는 지난 네 해 동안 언제나 거기 있었지.
병이 들어서 그대는 어깨에 기대 나를 위로했지.
나는 그대의 웃음을 듣지 못하고, 큰 눈을 보지 못한다.
이제 나는 외톨이가 되어 울고 있다.
내가 그대를 얼마나 사랑했는지 말하고 싶다.
그대는 지금 하늘나라에 있으니
그 높은 곳에서 내 가슴에 향기로운 진통제를 뿌려,
나를 두렵게 하는 고통을 덜어주면,
그대가 다른 곳으로 가도록 놓아주리라.
그대가 멀리 있어도 가깝다고 느끼고,
그대는 내 마음에 영원히 남아 있으리라.
잊어버리기에는 너무나도 사랑해
그대는 내 마음에 언제나 자리 잡고 있으리라.
그대에게 언제나 내 사랑을 보낸다.
그대의 아내가 사는 동안, 죽음을 넘어서도.

　　드니스 마르텔은 프랑스 현대 여성시인이다. 세상을 떠난 남
편을 간절하게 생각하면서 사랑한다는 말을 절실하게 했다.
죽은 남편을 "그대"라고 번역한 2인칭으로 부르면서 애도하는
시의 전형이라고 할 수 있다.

낭디Nandy, 〈죽음이 사랑하는 사람들을 갈라놓을
때면...: 나의 태양은 죽었다Quand la mort sépare ceux
qui s'aiment...: Mon soleil est mort〉

Je voudrais me coucher pour ne plus me lever
Dans son tombeau pour finir sans regret
Pour l'accompagner dans l'au de là
Car il m'est impossible de vivre ici bas

Mon soleil s'est couché un certain soir
Ne peut plus se lever ma vie est noire
Ne plus exister seule délivrance
Et l'éternité ma seule espérance
A quoi bon luter, essayer de vivre
Puisque sans lui je ne fais que survivre
Désespérée j'ai envie d'en finir···
Le rejoindre pour ne plus souffrir
Je ne tiens pas à la vie qui m'est proposée
Seule solution terminer en beauté ···

나는 누워서 일어나지 않으리라,
님의 무덤에서 여한이 없도록.
님을 따라 저 멀리 가리라,
여기서는 살아갈 수 없으니.
어느 날 저녁에 태양이 없어지고
다시 나타나지 않아, 내 삶은 어둡다.
혼자서는 해방을 누릴 수 없어
영원을 유일한 희망으로 삼는다.
왜 아등바등 살려고 애쓰는가,
님 없이는 살아남지 못하는데.
절망에 사로잡혀 저 멀리 가리라...
님을 만나 괴로움에서 벗어나리라.
내게 주어진 삶을 이어가지 않고
유일한 결말을 아름답게 맺으리라...

낭디라는 필명을 사용하는 프랑스 현대 여성시인이 이런 시
를 지었다. 죽은 남편을 "님"이라고 번역한 3인칭으로 일컬었
다. 혼자서는 괴로워 살 수 없어 님을 따라 죽겠다고 했다. 놀
라운 말이다.

아내가 남편을 따라 죽는 것은 후진 사회에서 남존여비가 극
치에 이른 미개한 풍속이라는 비난이 있다. 결혼 제도가 거의

192

없어진 것을 선진의 징표로 자랑하는 초현대 사회 프랑스에 지금도 이런 열녀가 있는 것은 어떻게 이해해야 하는가? 결혼이니 부부니 하는 제도야 어쨌든 사랑은 사랑임을 말해준다.

제16장
자식이 죽어서

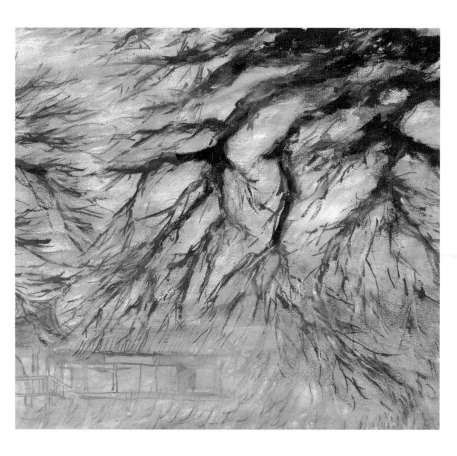

임제(林悌), 〈죽은 딸에게 망전을 지내며(亡女奠詞)〉

爾貌秀於人
爾德出於天
膝下十五歲
于歸今六年
事親我所知
事姑姑曰賢
天乎鬼神乎
此女何咎愆
一病遽玉折
玆事豈其然
我病不能去
呼慟氣欲塡
爾今入長夜
見爾知無緣
爾母在漢北
爾外祖母前
若使聞爾死
殘命恐難全
聞訃第四日
望奠錦水邊
薄以酒果設
滿盂汲新泉
母遠父在此
魂兮歸來焉
泉以濯爾熱
酒果沃爾咽
哭罷一長慟
爾死重可憐
秋空莽九萬
此恨終綿綿

네 용모 남들보다 빼어나고,

196

네 덕성이 하늘에서 타고났지.
부모 슬하에서 열다섯 살,
시집가서 이제 육년 되었지.
어버이 섬긴 일은 내가 알고,
시부모도 모시기를 잘 했다지.
하늘이여, 귀신이여,
이 딸이 무슨 허물 있었나?
한 번 병들어 옥이 깨졌으니,
이런 일이 또 어디 있으랴.
나도 병중이라 가보지 못하고,
울부짖고 통곡하며 기가 막힌다.
너는 이제 긴 밤으로 갔으니,
너를 만날 인연 없어졌구나.
네 어미는 지금 서울에 가서
너의 외할머니 앞에 있단다.
네 죽음을 알게 한다면
약한 몸 보전하기 어려우리.
부음을 듣고 나흘 지나서
망전을 금수 가에 차린다.
술과 과일을 조금 차려놓고
샘물을 떠다 사발 가득 붓는다.
어미는 멀리, 아비가 여기 있으니,
혼이여, 이리로 오너라.
샘물로 네 신열을 씻어내고
술과 과일로 네 목을 축여라.
울음을 그쳤다가 또 통곡하니
네 죽음은 거듭 가련하구나.
가을 하늘 구만리 아득해
이 슬픔 끝없이 이어진다.

임제는 한국 조선중기의 시인이다. 임제가 죽은 딸에게 제사를 지내면서 한 말을 시로 적었다. 예쁘고 착한 딸이 시집간 지 몇 해만에 세상을 떠났다고 했다. 어미는 멀리, 아비는 가까이 있다고 한 것을 보면 방랑을 했는지 귀양을 갔는지 어떤 사유가 있이 짐시 헤이졌디. 딸의 주음을 마음이 여린 어미에게는 차마 알리지 못하고, 아비 홀로 멀리 바라보면서 지내는 제사 "망전(望奠)"을 영산강의 별칭인 "금수(錦水)"가에서 지낸다고 말했다. 참담하다고 할 수 있는 사연은 아닌데, 시인의 심사가 다감하고 언사가 곡진해 긴 여운을 남긴다.

허초희(許楚姬), 〈아들을 잃고 곡한다(哭子)〉

去年喪愛女
今年喪愛子
哀哀廣陵土
雙墳相對起
蕭蕭白楊風
鬼火明松楸
紙錢招汝魂
玄酒存汝丘
應知第兄魂
夜夜相追遊
縱有服中孩
安可冀長成
浪吟黃臺詞
血泣悲吞聲

지난해는 사랑하는 딸을 여의고,
올해는 사랑하는 아들을 잃었네.
애달프고 애달픈 광릉의 땅에
두 무덤이 서로 나란히 있네.
쓸쓸한 바람 백양나무에 불고,

도깨비불 숲속에서 번쩍인다.
지전으로 너희들 혼을 부르고
너희들 무덤에 술을 따른다.
너희 넋은 오누이인 줄 알고
밤마다 서로 어울려 놀겠지.
비록 뱃속에 아기가 있다 한들
어찌 제대로 자라기를 바라랴.
헛되이 황대의 노래를 부르며
피눈물을 흘리고 슬픔을 삼킨다.

자식을 잃은 슬픔은 사랑하는 사람과의 이별보다 더 클 수 있다. 자식을 잃은 어머니가 쏟아놓는 비통한 말을 적은 이런 시가 있는 것이 당연하다. 작자 허초희는 난설헌(蘭雪軒)이라는 호로 더 잘 알려진 조선중기 여성시인이며, 허균(許筠)의 누나이다. 재능이 뛰어나 시를 잘 지었으나 남편과 사이가 나빠 결혼 생활이 불행했다. 딸과 아들을 거푸 잃고 이 시를 지었다.

마지막 줄에서 말했듯이, 피눈물을 흘리고 슬픔을 삼키면서 지은 시이지만, 자못 조리 정연한 구성을 갖추었다. 애통해하는 어머니와 거리를 두고 시인이 시짓기를 제대로 했다. 무덤의 모습을 처량하게 그렸다. 제사를 지내 혼령과 소통하고자 한다고 하고, 바로 가까이 있는 저승에서 자식 남매의 혼령이 어울려 노는 장면을 상상해 그렸다. 자식을 잃는 불행이 계속될 것 같은 예감이 들어 뱃속의 아이를 염려했다.

번다하지만 보충설명을 하지 않을 수 없는 것이 있다. "黃臺詞"(황대의 노래)는 중국 당나라 이현(李賢) 태자가 지은 〈황대과사〉(黃臺瓜辭)를 일컫는다. 권력을 잡은 어머니 측천무후(則天武后)가 횡포를 자행해 형을 죽이고 자기를 태자로 삼자 형제들의 안전을 염려해 지은 노래이다. 노래 말은 "種瓜黃臺下 瓜熟子離離 一摘使瓜好 再摘令瓜稀 三摘猶尙可 四摘抱蔓

歸"(황대 언덕 아래 외를 심어, 외가 익으니 자식들을 떼어놓는
다. 처음에는 좋은 것을 따라 하고, 두 번째는 설익은 것 따게 하
네. 세 번째까지는 딸 수 있고, 네 번째는 덩굴을 걷어 안고 가네)
라고 했다. 그 뒤에 이현은 태자의 지위를 잃고 자살했다.

측천무후는 셋째 아들을 태자로 삼아 왕위에 오르게 하고서
내치고 자기가 국왕이 되었다. 넷째 아들은 화를 면했다가 측천
무후 사후에 왕위를 이었다. 〈황대과사〉는 형제 넷의 시련을 미
리 다 말한 것 같아 큰 비감을 자아낸다. 이 시를 지은 허초희는
측천무후와 전혀 다른 어머니이지만, 자식의 시련이 계속된 공
통점이 있어 생각이 난 〈황대과사〉를 자식의 심정을 헤아리려
고 계속 노래했다.

정약용(丁若鏞), 〈네가 돌아간 것을 생각한다(憶汝行)〉

憶汝送我時
牽衣不相放
及歸無歡顔
似有怨慕想
死痘不奈何
死癰豈不枉
雄黃利去惡
陰蝕何由長
方將灌蔘茸
冷藥一何侫
曩汝苦痛楚
我方愉佚宕
搥鼓綠波中
携妓紅樓上
志荒宜受殃
惡能免懲創
送汝苕川去

且就四止葬
吾將老此中
使汝有依仰

생각하면 네가 나를 떠나보낼 때
옷자락 부여잡고 놓지 않더니,
돌아와도 네 얼굴에는 기쁨이 없고
원망하고 아쉬워 생각하는 듯.
마마로 죽는 것은 어쩔 수 없어도,
등창으로 죽다니 억울하지 않은가.
웅황을 썼으면 악성 종기 다스려
나쁜 증세 그 어찌 그렇게 자랐겠는가.
인삼 녹용을 달여 먹이려 했는데
냉약이 어찌 그리도 황당한가.
지난번 네가 모진 고통을 겪고 있는데
나는 한창 즐겁게 놀고 있었다니.
푸른 물결 한가운데서 장구를 치며
붉은 누각 위에서 기생을 끼고 놀다니.
마음이 빗나가면 재앙 받나니
이러고도 어찌 징벌을 면할 것인가.
너를 소천으로 데리고 가서
서산의 언덕에다 묻어 주리라.
나는 장차 그곳에서 늙으면서
네가 의지해 우러르게 하리라.

정약용은 한국 조선후기 시인이다. "아들 구장을 곡하면서 지었다"(哭幼子·懼牂而作也)고 했다. 아들이 죽어 애통하다고 여러 말을 하면서 구구절절이 잊지 못한다고 탄식했다. 세태를 비판하는 시를 지을 때의 준엄한 자세를 버리고 인정에 끌려 마음이 나약해졌다. "苕川"은 "소내"의 한자 표기이며, 고향 마을 이름이다.

201

홍경모(洪敬謨), 〈달밤에 아이를 생각한다(月夜憶兒)〉

月華如汝面
夜夜上東園
萬事皆成恨
九天欲訴寃
新添枕邊淚
時接夢中魂
猶有殘花馥
凄然入酒罇

밝은 달이 너의 얼굴인 듯,
밤마다 동쪽 뜰에 떠오른다.
만 가지 일에 모두 한이 맺혀
하늘에다 원통함 하소연한다.
베갯가의 눈물이 더해만 가고
때로는 꿈속의 넋과 만난다.
아직도 쇠잔한 꽃의 향기가 남아
서글프게 술병으로 들어오는구나.

홍경모는 한국 조선후기 시인이다. 죽은 아이를 그리워하면서
지은 시이다. 아이가 어느 정도의 나이에 어떻게 죽었는지 말
하지 않고, 잊지 못하고 헤매는 애절한 심정만 말했다. 마지막
두 줄에서는 마음을 달래려고 술을 마시면서, 술에 남아 있는
꽃향기가 아이의 자취라고 여겼다.

이상화, 〈곡자사(哭子詞)〉

웅희야! 너는 갔구나
엄마가 넌지 아비가 넌지
너는 모르고 어디로 갔구나!

불쌍한 어미를 가졌기 때문에
가난한 아비를 두었기 때문에
오자마자 네가 갔구나.

달보다 잘났던 우리 웅희야.
부처님보다도 착하던 웅희야.
너를 언제나 안아나 줄고.

그러께 팔월에 네가 간 뒤
그해 시월에 내가 갇히어
네 어미 간장을 태웠더니라.

지나간 오월에 너를 얻고서
네 어미가 정신도 못 차린 첫 칠 날,
네 아비는 또 다시 갇히었더니라.

그런 뒤 오은 한 해도 못 되어
갖은 꿈 온갖 힘 다 쓰려던
이 아비를 버리고 너는 갔구나.

불쌍한 속에서 네가 태어나
불쌍한 한숨에 휩쌔고 말 것,
어미 아비 두 가슴에 못이 박힌다.

말 못하던 너일망정 잘 웃기 따에,
장차는 어려움 없이 잘 지내다가
사내답게 한평생을 마칠 줄 알았지.

귀여운 네 발에 흙도 못 묻혀
몹쓸 이런 변이 우리에게 온 것

아, 마른 하늘 벼락에다 어이 견주랴.

너 위해 얽던 꿈 어디 쓰고
네게만 쏟던 사랑 끼얹어 줄고
웅희야! 제발 다시 숨쉬어다오.

하루 해를 네 곁에서 못 지내 본 것
한 가지도 속 시원히 못 해준 것
감옥방 판자벽이 얼마나 울었던지.

웅희야! 너는 갔구나,
웃지도 울지도 꼼짝도 않고,

불쌍한 선물로 설움을 끼고
가난한 선물로 몹쓸 병 안고
오자마자 네가 갔구나.

하늘보다 더 미덥던 우리 웅희야,
이 세상엔 하나밖에 없던 웅희야,
너를 언제나 안아나 줄고...

　이상화는 한국 근대시인이다. 일제에 항거하다가 투옥된
1929년에, 태어나서 얼마 되지 않은 아들이 죽었다. 아들을
그리워하고 애통해하는 말을 옥중에서 술회했다. "오은 한 해"
는 "온전한 한 해"이고, "따에"는 "때문에"이다.
　이것이야말로 참담한 사연이다. 시인이 마음을 굳게 먹고 아
들의 혼령을 위로하려고 하면서도, 아들의 죽음 못지않게 아
비의 처지가 원통한 것을 알리지 않을 수 없었다. 아비가 집에
가서 죽은 아들을 껴안지도 못하게 가두어두는 일제의 만행에
독자가 분노하게 하는 시이다.

데이비스Pamela Davies, 〈내 소중한 아들My Precious Son〉

Unendingly I mourn my precious son
Too early yet this earthly home he left,
Perfidious sleep confounded nature's order
To leave his loves perpetually bereft.

Those golden dreams and aspirations,
The seed of yesterday a withered bloom,
Those baubles which are cause to celebrate
In death now mock us gently from his tomb.

How treacherous death does steal on youth's exuberance,
To wreak such havoc from the ecstasy of life,
Where once was only joy and future promise
hearts endure eternal strife.

내 소중한 아들의 죽음을 끝없이 애통해 한다.
이 땅 위의 집을 너무 일찍 떠났구나.
믿을 수 없게 잠을 자며 자연의 질서를 교란하고,
사랑하는 사람들을 영구히 허탈하게 한다.

황금의 꿈과 소망, 지난날의 씨앗이
모두 시들어버린 꽃이 되었다.
장례식에서 사용한 장식물들이
이제 무덤에서 우리들을 은근히 조롱한다.

활기찬 청춘에 죽음이 몰래 다가가는 배신을 하고,
삶의 환희를 여지없이 파괴하고 말았다.
오직 기뻐하며 미래를 약속하던
우리들 가슴으로 영원한 갈등을 견딘다.

이 사람은 미국 현대시인이다. 아들이 젊어서 죽은 것을 애통하게 여긴다는 말을 전후의 전개를 갖춘 시상을 펼치면서 했다. 자연의 질서를 교란하고, 배신 행위를 했다고 죽음을 나무란 것이 특기할 사실이다.

위고Victor Hugo, 〈아들을 잃은 어머니에게A la mère de l'enfant mort〉

Oh! vous aurez trop dit au pauvre petit ange
Qu'il est d'autres anges là—haut,
Que rien ne souffre au ciel, que jamais rien n'y change,
Qu'il est doux d'y rentrer bientôt;

Que le ciel est un dôme aux merveilleux pilastres,
Une tente aux riches couleurs,
Un jardin bleu rempli de lis qui sont des astres,
Et d'étoiles qui sont des fleurs;

Que c'est un lieu joyeux plus qu'on ne saurait dire,
Où toujours, se laissant charmer,
On a les chérubins pour jouer et pour rire,
Et le bon Dieu pour nous aimer;

Qu'il est doux d'être un coeur qui brûle comme un cierge,
Et de vivre, en toute saison,
Près de l'enfant Jésus et de la sainte Vierge
Dans une si belle maison!

Et puis vous n'aurez pas assez dit, pauvre mère,
A ce fils si frêle et si doux,
Que vous étiez à lui dans cette vie amère,
Mais aussi qu'il était à vous;

Que, tant qu'on est petit, la mère sur nous veille,
Mais que plus tard on la défend;
Et qu'elle aura besoin, quand elle sera vieille,
D'un homme qui soit son enfant;

Vous n'aurez point assez dit à cette jeune âme
Que Dieu veut qu'on reste ici—bas,
La femme guidant l'homme et l'homme aidant la femme,
Pour les douleurs et les combats;

Si bien qu'un jour, ô deuil ! irréparable perte !
Le doux être s'en est allé ! ...
Hélas ! vous avez donc laissé la cage ouverte,
Que votre oiseau s'est envolé !

그대는 가엾고 작은 천사에게 말을 많이 하지 않았나요,
저 위에 다른 천사들이 있다고.
하늘에는 괴로움도 달라지는 것도 없다고.
마침내 그리로 가는 것이 달콤하다고.

하늘나라는 둥근 지붕 벽장식도 찬란하고
색채가 풍부한 천막.
정원 가득 푸른 백합이 별이고.
별이 꽃이고,

말할 수 없을 만큼 즐거운 곳이라오,
언제나 매혹적인 곳
아기 천사들이 놀면서 웃고,
선하신 하느님이 사랑을 베풀고.

마음이 촛불처럼 타오르면 얼마나 좋은가,
언제나 살아 있으면서.

아이 곁에는 예수와 성모.
그처럼 아름다운 집.

그대는 할 말을 미치기 않았나요, 가여운 어머니여.
연약하고 공손한 아들에게
쓰디쓴 삶을 살면서 그대는 아들과 함께 있다고
아들도 그대와 함께 있다고.

어릴 때에는 어머니가 아들을 돌보지만
나중에는 아들이 어머니를 보호하니,
어머니가 늙으면 있어야 한다오.
자기 아이였던 사람이.

그대는 할 말을 다 하지 않았나요, 어린 혼에게
하느님이 여기 있기를 바란다고.
여자는 남자를 이끌고, 남자는 여자를 돕는다고,
고통 받고 싸우면서.

그런데 어느 날, 아 슬프다! 돌이킬 수 없는 손실이 생겼네요!
귀여운 아이가 가버렸군요.
그대가 새장을 열어놓아
새가 날아가 버렸군요.

　이것은 프랑스 낭만주의 시인 위고가 아들을 잃은 어머니에
게 지어준 시이다. 읽으면 비통해 하고 있는 어머니를 위로하
고 싶은 생각이 든다. 어떤 연유가 있었는지 위고가 그런 일을
맡아 나서서 이 시를 지었다.
　허초희, 〈아들을 잃고 곡을 한다〉에서 죽은 아이들의 혼령이
어울려 놀 것이라고 한 발상을 기독교 신앙에 근거를 두고 크게
확대해 천국에 가서 죽음을 더욱 즐거운 새로운 삶의 시작으로

삼을 것이니 슬퍼하지 말라고 했다. 이렇게 해서 위로의 임무는 다 하고, 현실로 돌아왔다. 아들이 없어져서 만년에 도움을 받지 못할 염려가 있어 걱정이라고 하고, 아이가 갑자기 세상을 떠나 슬프다고 했다.

그러면 죽은 아들이 하늘나라에 가서 잘 지낼 것이라고 말한 것이 어떻게 되는가? 아이가 세상을 떠나 슬프다는 것을 앞 세우고, 만년에 도움을 받지 못할 염려가 있어 걱정이라고 한 다음, 종교적 위안을 뒤에다 붙여야 비탄에 잠긴 어머니를 진정시킬 수 있을 것이다. 이와는 반대가 되는 순서를 택한 것은 앞에 내세운 말이 진심이 아니고 현실을 직시하고 받아들이도록 하려고 했기 때문이라고 생각된다. 그렇다면 서두에서 위로한 말이 지나치게 장황하다.

정지용, 〈유리창〉

유리에 차고 슬픈 것이 어른거린다.
열없이 붙어 서서 입김을 흐리우니
길들은 양 언 날개를 파닥거린다.
지우고 보고 지우고 보아도
새까만 밤이 밀려나가고 밀려와 부딪히고,
물먹은 별이, 반짝, 보석처럼 박힌다.
밤에 홀로 유리를 닦는 것은
외로운 황홀한 심사이어니,
고운 폐혈관이 찢어진 채로
아아 너는 산새처럼 날아갔구나!

정지용은 한국 근대시인이다. 이 시에서 자식을 잃은 슬픔을 나타냈다. 자식이 아들인지 딸인지 슬퍼하는 사람이 아버지인지 어머니인지 말하는 특정 내용은 없고, 자식을 잃은 부모의 심정을 표현 효과를 극대화하는 방식으로 간명하게 나타냈다. 위고, 〈아들을 잃은 어머니에게〉에서와 같이 자식이 떠난 것을 새처럼 날아갔다고 이 시의 말미에서 말했다. 위고는 새장을 벗어난 새가 가볍게 날아가듯이 떠나갔다고 했는데, 여기서는 "고운 폐혈관이 찢어진 채로"라는 말로 죽음이 처참했음을 알려준다. 자식이 허초희는 저승에, 위고는 천국에 갔다고 한 것과 같은 말은 없고, 밤에 유리창에 붙어 서서 남긴 자취를 찾으면서 슬픔을 달랬다고 했다.

제목에서도 내세운 유리창은 다각적인 의미를 지닌 적절한 선택이다. 유리창은 밖을 내다보게 하면서 밖으로 나갈 수는 없게 해서, 자식의 흔적을 찾고자 하면서 따라 나서지는 못하는 사정을 나타냈다. 유리창에서 보이는 것은 (가) 유리 표면에서 일어난 변화이기도 하고, (나) 바깥에 있는 관찰 대상의 투과이기도 하고, (다) 보고 있는 주체를 포함한 안쪽 사물의 투영이기도 하다. 앞에서는 "유리에 차고 슬픈 것이 어른거린다"고 하고, 뒤에서는 "길들은 양 언 날개를 파닥거린다"고 한 것은 어느 쪽인가? 유리에 성에가 끼든가 해서 생긴 (가)일 수 있는데 자식이 남긴 모습인 (나)라고 여기면서 자기 자신을 투영시키는 (다)에 이른다.

"열없이"와 "길들은 양"에 대해서는 설명이 필요하다. "열없이"는 힘이나 의지가 모자란다는 말이다. "길들은 양"은 늘 하는 일이어서 습관이 되었다는 말이다. 주체는 힘이나 의지가 없이 접근하고, 보이는 대상은 익숙해지고 습관이 된 모습을 하고 있다고 했다. 다루고 있는 상황이 갑자기 조성되지 않고 오래 지속되어 새삼스러울 것 없다고 했다. 그러나 "열없이 붙어 서서 입김을 흐리우니"라고 한 것도 대상에 대한 주체의 개입이어서 변화를 일으킨다. "지우고 보니 지우고 보아도"라고 한 것은 좀더 적극적인 개입이다. (다) 쪽 주체의 개입을 늘리니 (나)의 대상은 더욱 줄어들어 "새까만 밤이 밀려나가고 밀려와 부딪히고" 하는 것만이어서 허무하게 되었다.

그러다가 (나)에서 찾는 모습이 "물먹은 별이, 반짝, 보석처럼 박힌다"는 것으로 나타나자 (다)의 주체가 "밤에 홀로 유리를 닦는 것은 외로운 황홀한 심사"라고 하고 기쁨을 얻었다. 위고는 죽은 자식이 천국으로 가는 영광을 누렸다고 생각한 것과 상통하는 위안을 얻었다. 어떤 위안을 얻어도 자식의 죽음이 처참했다는 사실을 부인하지는 못한다고 말한 것이 위고의 시와 같다.

자식이 죽어 부모가 비통해 하는 사연이나 심정은 어느 경우든 다르지 않다. 그것을 간직해 두고 있기만 할 수 없어 말을 하고, 말만 하고 말 수 없어 시를 써서 남기고자 하는 점에서도 차이가 없다. 시를 쓰는 구상과 표현은 같기도 하고 다르기도 하다. 위고는 남의 일에 끼어들어 낭만적인 언사를 장황하게 늘어놓고, 허초희는 자기가 비통해 하는 심정을 고전적인 규범에 맞게 정리해서 나타냈다고 한다면, 이 작품은 절제와 함축을 특징으로 하는 상징주의 시의 좋은 본보기를 보여주었다. 상징주의 시는 수입보다 자생에서 월등한 성취를 이룩한 것을 입증하고, 내용에서 표현으로 관심을 옮겨야 한다는 대전환을 거역하기 어려운 설득력을 갖추어 보여주었다.

이가림, 〈유리창에 이마를 대고〉

유리창에 이마를 대고
모래알 같은 이름 하나 불러 본다
기어이 끊어낼 수 없는 죄의 탯줄을
깊은 땅에 묻고 돌아선 날의
막막한 벌판 끝에 열리는 밤
내가 일천 번도 더 입맞춘 별이 있음을
이 지상의 사람들은 모르리라
날마다 잃었다가 되찾는 눈동자

먼 부재의 저편에서 오는 빛이기에
끝내 아무도 볼 수 없으리라
어디서 이 투명한 이슬은 오는가
빌줄을 차리우는 차가운 입김
유리창에 이마를 대고
물방울 같은 이름 하나 불러본다

이가림은 한국 현대시인이다. 자식의 죽음을 애도하면서 정지용의 〈유리창〉과 흡사한 시를 지었다. "죄의 탯줄을 깊이 땅에 묻고", "물방울 같은 이름 하나"는 자식의 죽음을 말한다. 자식의 죽음을 잊으려고 해도 거듭 다시 생각하게 하는 것이 유리창이다. 유리창은 그 너머 없는 것을 바라보면서 자기를 되돌아보게 한다. 유리창은 "잃어버린 소중한 실재들, 즉 별, 눈동자, 빛, 이슬을 다시 살아나게 하는 생성의 매개체, 다시 말하면 '망각'과 '부재'를 '기억'과 '현존'으로 되살리게 하는 생성의 투명체"라고 말했다. 자기의 존재를 돌아보고 비춰볼 수 있는 매개체로 유리창을 택했다.

제17장
괴롭지 않으려면

번스Robert Burns, 〈작별의 노래 Auld Lang Syne〉

(a) Original Scots verse:

Should auld acquaintance be forgot,
and never brought to mind?
Should auld acquaintance be forgot,
and auld lang syne?

CHORUS:
For auld lang syne, my jo,
for auld lang syne,
we'll tak a cup o' kindness yet,
for auld lang syne.

And surely ye'll be your pint—stowp!
and surely I'll be mine!
And we'll tak a cup o' kindness yet,
for auld lang syne.

CHORUS

We twa hae run about the braes,
and pu'd the gowans fine;
But we've wander'd mony a weary fit,
sin auld lang syne.

CHORUS

We twa hae paidl'd i' the burn,
frae morning sun till dine;
But seas between us braid hae roar'd
sin auld lang syne.

CHORUS

And there's a hand, my trusty fiere!
and gie's a hand o' thine!
And we'll tak a right gude—willy waught,
for auld lang syne.

CHORUS

(b) English version:

Should old acquaintance be forgot,
and never brought to mind ?
Should old acquaintance be forgot,
and old lang syne ?

CHORUS:
For auld lang syne, my dear,
for auld lang syne,
we'll take a cup of kindness yet,
for auld lang syne.

And surely you'll buy your pint cup!
and surely I'll buy mine!
And we'll take a cup o' kindness yet,
for auld lang syne.

CHORUS

We two have run about the slopes,
and picked the daisies fine;
But we've wandered many a weary foot,
since auld lang syne.

CHORUS

We two have paddled in the stream,
from morning sun till dine;
But seas between us broad have roared
since auld lang syne.

CHORUS

And there's a hand my trusty friend!
And give me a hand o' thine!
And we'll take a right good-will draught,
for auld lang syne.

CHORUS

(c) 강소천 번역

오랫동안 사귀었던 정든 내 친구여,
작별이란 웬 말인가 가야만 하는가?
어디 간들 잊으리오 두터운 우리 정
다시 만날 그 날 위해 노래를 부르네.

잘 가시오 잘 있으오 축배를 든 손에
석별의 정 잊지 못해 눈물만 흘리네.
이 자리를 이 마음을 길이 간직하고
다시 만날 그날 위해 노랠 부르자.

(d) 다시 한 번역

오랜 친구가 잊혀지고
마음속에 떠오르지도 않을 것인가?

오랜 친구가 잊혀지고
오랜 옛날마저도?

(합창)
오랜 옛날을 위해, 친구여
오랜 옛날을 위해,
우정의 술잔을 들자.
오랜 옛날을 위해.

너는 너의 술 한 잔 사고
나는 나의 술 한 잔 사서,
우정의 술잔을 들자.
오랜 옛날을 위해.

(합창)

우리는 언덕에서 뛰놀면서
예쁜 데이지꽃을 땄지.
그런데 우리는 지친 발로 많이도 돌아다녔지
오랜 옛날부터.

(합창)

우리는 물에서 노를 저었지
아침부터 저녁까지.
그런데 우리 둘 사이의 바다가 크게 울렁거렸네.
오랜 옛날부터.

(합창)

여기 손을 내미네, 진실한 친구여.
네 손도 내게 주게나.
참된 마음으로 한 잔 마시자.
오랜 옛날을 위해.

스코틀랜드 시인 번스가 스코틀랜드 말로 이 노래를 지었다. 그 원문이 (a)이다.

영어 번역 (b)가 널리 알려졌다. 세계 많은 나라에서 자기네 말로 번역해서 애창한다. 한국에서는 아동문학가 강소천이 번역한 (c)를 많이 부르는데, 원문과는 거리가 있어 (d)의 번역을 다시 했다.

이별의 슬픔을 즐거운 마음으로 맞이하자고 이 노래를 함께 부른다. 이별의 본질인 고독을 합창하는 집단의식으로 해소하는 치료제로 이 노래를 이용한다. 이별의 슬픔을 달래고 싶은 것이 공통의 소망이어서, 외진 곳에서 만든 특이한 노래가 인류 공유물이 되었다.

스코틀랜드 말 원 제목은 "Auld Lang Syne"이라고 적고 [ˈɔːl(d) lɑŋˈsəin](올드 랑 서인)이라고 발음한다. 영어로 번역하면 "Old Long Since"라는 말이고, "오랜 전부터"라는 뜻이다. 과거를 회고하기만 하고 현재나 미래는 말하지 않는 사연에 꼭 맞는 제목이다.

"석별"을 위해 "축배"를 들자고 하고 이별의 슬픔을, 노래를 함께 부르는 기쁨으로 달랬다. 헤어지면서 부르는 노래가 다시 만날 날을 위한 노래라고 줄곧 말했다. 오랜 우정을 위해 술잔을 들자고 하기만 하고 이별의 슬픔이나 장래의 만남은 말하지 않았다. 각자 자기 술을 자기가 사서 마신다고 한 것은 조금 이상하다. 함께 놀던 과거를 회고하기만 하고 지금의 작별과 장래의 만남에 대해서는 말하지 않았다.

릴케Rainer Maria Rilke, 〈우리 이제 작별을 하자So laß
uns Abschied nehmen〉

So laß uns Abschied nehmen wie zwei Sterne
durch jenes Übermaß von Nacht getrennt,
das eine Nähe ist, die sich an Ferne
erprobt und an dem Fernsten sich erkennt.

이제 우리는 작별을 하자 두 별처럼,
저 엄청난 밤의 크기로 떨어져 있는,
그것은 가까움이니, 멀리서 확인하고
가장 멀리서 스스로 알아보는.

　제1연에서는 둘이 작별을 해야 한다면 받아들여 엄청난 거
리로 멀리 떨어지는 것을 각오하자고 일렀다. "durch jenes
Übermaß von Nacht"(엄청난 밤의 크기로)라는 말을 넣어 경
외심을 지니고 맞이해야 할 암담한 상황에서 벌어질 거리가 놀
랄 만큼 클 것이라고 했다. 이별은 평정심을 가지고 스스로 선
택해 맞이해도 엄청난 충격이라고 했다.
　제2연에서는 앞의 말을 뒤집어, 멀어져도 멀어지지 않으며,
먼 것이 가까운 것이라고 말했다. 헤어져도 잊지 말고 다시 만
날 것을 기약하자는 상투적인 언사를 늘어놓는 것과 전혀 다
른 방법으로 반전을 이룩했다. 극도로 생략하고 최소한의 말
만 남겨 면밀하게 검토하고 깊이 생각하도록 한 것을 알아보
면, 두 단계의 반전이 확인된다. 첫 단계에서는 충격을 진정시
키고 둘 사이의 거리를 확인하면 두려워하고 있는 것만큼 멀지
는 않다고 했다. 둘째 단계에서는 아무리 멀어진 상황에서도
자기 인식을 투철하게 하면 상대방의 속마음도 알 수 있어 심
리적인 거리가 줄어들어, 멀어져도 멀어지는 것이 아니며 먼
것이 가까움이라고 했다.
　원문 해독과 번역의 세부 사항을 덧붙인다. 첫 단계 "sich

an Ferne erprobt"(멀리서 확인하고), 둘째 단계 "an dem Fernsten sich erkennt"(가장 멀리서 스스로 알아보는)에, 앞에 있는 말 "Nähe"(가까움)이 "erprobt"(확인하다), "erkennt"(알아보다)라는 동사이 목적어이므로 재귀대명사가 필요하지 않은데 "sich"가 들어 있다. 앞의 "sich"는 명사 앞에 있어 장소를 확인하는 의미가 있다고 보고 "멀리서"에 포함시켰다. 뒤의 "sich"는 동사 앞에 있어 동사의 의미를 강조하는 의미가 있는 것을 살려 "스스로"라고 번역했다.

작자 미상, 〈마음이 지척(咫尺)이면〉

마음이 지척(咫尺)이면 천리(千里)라도 지척이요,
마음이 천리면 지척도 천리로다.
우리는 각재천리(各在千里)오나 지척인가 하노라.

이 작품은 앞에서 든 릴케, 〈이제 우리는 이별을 하자〉에서와 같은 생각을 아주 쉽게 전해 누구나 이해하고 공감하게 한다. 앞의 시에서 "엄청난 크기의 밤처럼 멀다"고 한 것은 "천리"라고, "가까움"이라고 한 것은 "지척"이라고 했다. 짝을 이루고 있는 두 마디 말을 사용해 양쪽을 명확하게 구분했다. "가장 멀리서 스스로 확인하면" 먼 것이 가까워진다고 하는 말을 "천리가 지척이다"고 명쾌하게 나타냈다. "지척이 천리이다"는 반대말까지 갖추어 사리를 더욱 분명하게 했다. 공연히 난해한 말을 해서 괴롭히는 릴케의 시를 떠나 여기로 오니 한밤중이 대낮으로 바뀐다.

천리라는 먼 거리와 지척이라는 가까운 거리를 마음먹기에 따라서 바꾸어 놓을 수 있다. 이별을 했더라도 마음으로 가까우면 천 리가 지척이고, 마음으로 멀다면 지척이 천리이다. 이별해 각기 천리 밖에 있는 "각재천리"(各在千里)"가 "마음이

지척이면 천리라도 지척"이라고 했으므로 대구를 구태여 들
필요도 없는 "합어지척"(合於咫尺)이다.

괴테 Johann Wolfgang von Goethe, 〈사랑하는 사람
가까이 Nähe des Geliebten〉

Ich denke dein, wenn mir der Sonne Schimmer
      vom Meere strahlt;
Ich denke dein, wenn sich des Mondes Flimmer
      In Quellen malt.

Ich sehe dich, wenn auf dem fernen Wege
      Der Staub sich hebt;
In tiefer Nacht, wenn auf dem schmalen Stege
      Der Wandrer bebt.

Ich höre dich, wenn dort mit dumpfem Rauschen
      Die Welle steigt.
Im stillen Haine geh' ich oft zu lauschen,
      Wenn alles schweigt.

Ich bin bei dir; du seist auch noch so ferne,
      Du bist mir nah!
Die Sonne sinkt, bald leuchten mir die Sterne.
      O, wärst du da!

나는 너를 생각한다, 옅은 햇빛이 내게 비추면
      바다에서 와서.
나는 너를 생각한다, 희미한 달빛이 내려와
      우물을 물들이면.

나는 너를 본다, 멀리 있는 길 위에서
　　　먼지가 일어날 때면,
깊은 밤에 좁은 오솔길을 가다가
　　　빙링자가 몸을 떨 때면.

나는 네 말을 듣는다, 저기서 물기 머금고 속삭이며
　　　물결이 일어날 때면.
고요한 숲으로 소리를 들어보려고 가곤 하면서
　　　모든 것이 고요하면.

나는 네 옆에 있다, 아주 멀리 있다고 해도
　　　너는 내 옆에 있다.
　해가 지고, 곧 별빛이 내게 반짝이리니
　　　오, 너 여기 있으리.

　이 작품도 이별을 노래했다. 사랑하는 사람은 멀리 있어도
가깝다고, 앞의 두 작품 릴케, 〈이제 우리는 작별을 하자〉와
작자 미상, 〈마음이 지척이면…〉과 같은 말을 하고, 제목을
〈사랑하는 사람 가까이〉라고 했다. 그러면서 멀고 가까운 것
에 관해 좀 더 많은 말을 했다.

　미묘하게 아름다운 것들을 보면 사랑하는 사람이 떠오른다
고 거듭 말했다. 아름다운 것들이 마음에 다가와 일으키는 반
응이 사랑하는 사람에 대한 그리움을 촉발한다고 했다. 사랑
은 사랑하는 사람이 멀리 있어야 더욱 절실하고, 가까이 있어
야 더욱 감격스럽다는 이율배반을 말했다고 할 것인가? 아니
다. 거기서 더 나아갔다.

　사랑하는 사람이 멀리 있어 그립고 안타깝다고 하는 것이 실
제 상황인가 하는 의문을 제기했다. 사랑하는 사람은 특정 인
물이 아니고, 결핍, 고독, 동경, 감격 등 여러 감정의 복합체가
투영되어 마음속에서 만들어낸 환영이 아닌가 하고 생각하게

한다. 환영을 구체화하는 각본을 먼저 만들어놓고, 이 사람 저 사람 바꾸어가면서 배우로 등장시켜 마음속의 연극을 하는 것이 사랑이라고 일깨워준다고 할 수 있다. 사랑에 대해 최대의 찬사를 바친 작품이 사랑은 허상이라는 내막을 알려준다.

　이 작품을 출발점으로 삼아 무엇이 문제인지 철저하게 따져보자. 사랑이 허상이면 이별도 허상이다. 사랑이 없으면 이별도 없다. 이렇게 결론을 내릴 수 있다. 불교에서 하는 말이 정답이다. 그러나 결론이나 정답이 실행 가능한가? 삶이 없으면 죽음도 없다고 하는 것과 같은 말을 살고 있는 사람이 해서 자기도 속이고 남도 속이지 말아야 한다. 사랑이 허상이라 이별도 허상인 줄 알고도 사랑에 기대를 걸고 이별을 서러워하는 것이 잘못이 아니다.

이해인, 〈이별 노래〉

떠나가는 제 이름을
부르지 마십시오.
이별은
그냥 이별인 게 좋습니다.

남은 정 때문에
주저앉지 않고
갈 길을 가도록 도와주십시오.

그리움도
너무 깊으면 병이 되듯이
너무 많은 눈물은
다른 이에게 방해가 됩니다.

차고 맑은 호수처럼
미련 없이 잎을 버린
깨끗한 겨울나무처럼
그렇게 이별하는 연습이
우리에겐 필요합니다.

이별을 어떻게 해야 괴로움을 덜 수 있는가? 이 질문에 한
국 현대시인 이해인이 지은 이 시가 적절한 대답을 제시한다.
제1연에서 이별은 그냥 이별인 것이 좋다고 하는 데 할 말이
다 들어 있다. 공연히 슬퍼하고, 지나친 의미를 부여하고, 장
래의 만남을 기약하고 하는 따위로 부산을 떠는 것은 마땅하지
않다고 했다.

제2연에서 이별하는 사람이 그냥 가도록 하고, 제3연에서
지나친 그리움을 말하고 눈물을 흘려 다른 사람들을 방해하지
말라고 했다. 범속한 일상인이 당연히 할 만한 말로 시를 공연
히 어렵게 쓰는 잘못을 바로잡는 본보기를 보였다. 그 정도로
끝내면 서운할 수 있으므로, 제4연에다 이별 연습이 필요하다
는 극적인 발언을 보탰다.

시의 임무는 격동이라고 여기는 통념을 뒤집고 진정시키는
말을 대안으로 제기했다. 제4연에서 한 말을 두고 더 생각해보
자. 인간의 이별은 나무가 잎을 버리는 것과 같은 자연의 이치
이다.

조병화, 〈공존의 이유〉

깊이 사귀지 마세.
작별이 잦은 우리들의 생애,

가벼운 정도로

사귀세.

악수가 서로 짐이 되면
작별을 하세.

어려운 말로
이야기하지
않기로 하세.

너만이라든지.
우리들만이라든지,

이것은 비밀일세라든지
같은 말들을
하지 않기로 하세.

내가 너를 생각하는 깊이를
보일 수가 없기 때문에,

내가 나를 생각하는 깊이를
보일 수가 없기 때문에,

내가 어디메쯤 간다는 것을
보일 수가 없기 때문에,

작별이 올 때
후회하지 않을 정도로 사귀세.

작별을 하며,
작별을 하며

사세.

작별이 오면
잊어버릴 수 있을 정도로

악수를 하세.

　닥쳐온 이별을 어떻게 해야 괴로움을 덜 수 있는가 하는 것
보다 평소에 어떻게 살아가야 이별의 괴로움을 덜 수 있는가
하는 것이 한층 근본적인 질문이다. 이 질문에 이 시가 적절한
대답을 제시해 이해인, 〈이별의 노래〉보다 한 수 더 뜬다.
　이별을 하지 않으면 이별의 괴로움이 없다고 하는 것은 아주
잘못되었다. 이별은 반드시 있는데 없기를 바라는 것은 잘못
이다. 이별이 없기를 바라면 이별의 괴로움이 더 커진다. 이별
의 괴로움을 덜려면 이별은 반드시 있다고 하고 담담하게 맞이
할 준비를 해야 한다. 이 시는 이별을 담담하게 맞이할 준비를
하는 최상의 방법은 너무 가까이 지내지 않고, 깊은 정을 주지
않고 살아가는 것이라고 말해 충격을 준다. 장래에 다시 만날
것을 기약하고 이별의 괴로움을 견디자고 하는 많고 많은 시가
들끓는 도가니에다 찬물을 퍼붓는 반론을 제기했다.
　스스로 작별을 하자고 하고, 작별을 하며 살자고 했다. 닥쳐
오는 이별 때문에 당황해 하지 말고 능동적인 선택인 작별을
하자고 했다. 좀 더 생각하면, 삶이 이별이고, 만남이 헤어짐
이다. 만남이 헤어짐이면, 헤어짐은 만남이다. 헤어짐은 만남
이라는 것으로 위안을 얻으려고 하지 말고, 만남과 헤어짐이
둘이 아님을 깨닫는 지혜를 체득해야 한다.

제18장
이별을 받아들이자

나태주, 〈미완의 이별〉

새로 피어나기 시작하는
꽃을 두고 가다니
아깝다

점점 좋아지기 시작하는
사람들 두고 떠나다니
안타깝다

사람의 일이란 언제나 부질없고
아무리 좋은 일이라도
끝 날은 오게 마련

눈 녹은 물을 먹고 피어나는
천사의 꽃들이여
하늘이여 하늘 닿는 나무들이여

새로운 만남을 위해
이별을 짓고
새로운 출발을 위해
여행은 마감되어야 한다

안녕 안녕 떠나면서
손 흔들어 인사를 한다
부디 잘들 있거라

나태주는 한국 현대시인이다. 흔히 있는 이별가와는 다른 말을 하는 이별가를 지었다. 서운하더라도 이별하는 것이 당연하다고 하고, 이별을 즐겁게 받아들여야 한다고 하고, 그 이유를 셋 들었다.

(가) 사람이 하는 일은 언제나 부질없다. (나) 아무리 좋은 일이라도 끝이 있게 마련이다. (다) 새로운 만남을 위해 재출발하려면 이별을 해야 한다. (가)라면 이별은 슬프다. (나)에서는 이별이 더 슬프다. 그러나 (다)에서는 이별이 기쁨으로 나아가는 과정이다.

바이트브레흐트Carl Weitbrecht, 〈헤어질 때에는Wenn Ich Abschied nehme...〉

Wenn ich Abschied nehme, will ich leise gehn,
keine Hand mehr drücken, nimmer rückwärts sehn.

In dem lauten Saale denkt mir keiner nach,
dankt mir keine Seele, was die meine sprach.

Morgendämmerung weht mir draußen um das Haupt,
und sie kommt, die Sonne, der ich doch geglaubt.

Lärmt bei euren Lampen und vergisst mich schnell!
Lösche meine Lampe! – Bald ist alles hell

헤어질 때에는 조용히 가리라.
손을 잡지도 않고, 뒤돌아보지도 않으리라.

떠들썩한 방 안에서 누구도 나를 생각하지 않는다.
나와 나누던 이야기를 고마워하는 사람도 없다.

밖에서는 새벽빛의 꼭대기가 내게로 흘날린다.
그리고 내가 딛고 있던 태양이 떠오른다.

그대들은 등불 곁에서 떠들며, 나를 빨리 잊어라.

나의 등불은 꺼라, 곧 온 세상이 밝아온다.

바이트브레흐트는 독일 19세기 후반의 학자이고 작가였다. 자기 나름대로의 이별의 노래를 예사롭지 않게 지었다. 방안에서 등불을 켜고 앉아 떠들어대는 사람들과 작별하고 밖으로 나와 떠오르는 태양을 맞이한다고 말했다. 헤어지는 것이 새로운 출발이라고 한 것이 앞의 시와 같으면서, 한 걸음 더 나아갔다. 어리석은 군중과 결별하고 스스로 판단해 옳은 길을 가야 한다고 일렀다. 어두운 밤에 등불을 켜고 모여 떠들어대는 군중은 모르는 밝은 세상의 태양을 찾아 자기는 떠난다고 했다.

뫼리케 Eduart Mörike, 〈은둔 Verborgenheit〉

Lass, o Welt, o lass mich sein!
Locket nicht mit Liebesgaben,
Lasst dies Herz alleine haben
Seine Wonne, seine Pein!

Was ich traure, weiss ich nicht,
Es ist unbekanntes Wehe;
Immerdar durch Traenen sehe
Ich der Sonne liebes Licht.

Oft bin ich mir kaum bewusst,
Und die helle Freude zücket
Durch die Schwere, so mich drücket
Wonniglich in meiner Brust.

Lass, o Welt, o lass mich sein!
Locket nicht mit Liebesgaben,

Lasst dies Herz alleine haben
Seine Wonne, seine Pein!

오 세상이여, 나를 내버려두어라.
사랑의 선물로 유혹하지 말아라.
이 가슴이 홀로 있으면서
기쁨과 고통을 지니게 하여라.

무엇을 슬퍼하는지 나는 모른다.
그것은 알려지지 않은 진통이다.
나는 언제나 눈물 사이로
사랑스러운 햇빛을 본다.

이따금 나는 헤아리지 못하고,
빛나는 즐거움으로 들떴다.
나를 억누르는 슬픔으로
내 마음을 기쁘게 하면서.

오 세상이여, 나를 내버려두어라.
사랑의 선물로 유혹하지 말아라.
이 가슴이 홀로 있으면서
기쁨과 고통을 지니게 하여라.

　뫼리케는 독일 낭만주의 시인이다. 은둔을 노래한다고 했는
데, 세상이 싫어서 견디지 못하고 은둔을 택한 것은 아니다. 사
랑을 상실해 은둔한다고 말했다. 사랑을 버리고 물러나 슬픔을
혼자 간직하면 기쁨이 찾아온다. 눈물 사이로 사랑스러운 태양
을 본다고 했다.

엘뤼아르Paul Eluard, 〈확신Certitude〉

Si je te parle c'est pour mieux t'entendre
Si je t'entends Je suis sur de te comprendre

Si tu souris c'est pour mieux m'envahir
Si tu souris je vois le monde entier

Si je t'étreins c'est pour me continuer
Si nous vivons tout sera à plaisir

Si je te quitte nous nous souviendrons
En te quittant nous nous retrouverons.

내가 너에게 말을 하면 너의 말을 더 잘 듣는다.
내가 네 말을 들으면 나의 이해가 분명해진다.

네가 웃으면 너는 내게로 더 잘 들어온다.
네가 웃으면 나는 온 세상을 다 본다.

내가 너를 껴안으면 내 품이 넓어진다.
우리가 살면 모든 것이 즐겁게 되리라.

내가 너와 헤어지면 우리는 그리워하리라.
우리가 헤어지면 우리는 다시 만나리라.

　엘뤼아르는 프랑스 현대시인이다. 〈확신〉이는 제목의 시를
써서 이별의 슬픔을 넘어설 수 있다고 말했다. 이별하면 그리
워하고. 헤어지면 다시 만난다고 했다. 사랑은 서로 이해하고
가까워지게 하는 힘을 지니고, 이별을 부정한다고 했다. 주어
진 상황보다 사람의 의지가 더욱 소중하고 강력하다는 생각을
나타내면서, 다른 시인들보다 한 걸음 더 나아갔다.

타고르Rabindranath Tagore, 〈바치는 노래 84Gitangali 84〉

It is the pang of separation that spreads throughout the world
and gives birth to shapes innumerable in the infinite sky.
It is this sorrow of separation that gazes in silence all night
from star to star and becomes lyric among rustling leaves in
rainy darkness of July.
It is this overspreading pain that deepens into loves and
desires, into sufferings and joys in human homes; and this it
is that ever melts and flows in songs through my poet's heart.

이별의 고통은 온 세상을 뒤덮고 무한한 하늘에 수많은
형상을 만듭니다.
이별의 슬픔은 밤새도록 이 별, 저 별을 조용히 바라보다
가, 비 내리는 7월의 어둠 속 서걱대는 나뭇잎 사이에서
시가 됩니다.
멀리 퍼져나가는 이 슬픔이 깊어져 사람이 머무는 곳에
서 사랑과 갈망, 고통과 기쁨이 되고, 시인의 가슴 속에
서 노래가 되어 녹았다가 흘렀다가 합니다.

　인도 시인 타고르의 시이다. "바치는 노래"(Song of
Offering)라는 뜻을 지닌 《기탄잘리》 연작시 84번이다. 타고
르는 154편을 수록한 《기탄잘리》 벵골어판을 1910년에 내고,
그 가운데 50편을, 다른 데서 53편을 골라 103편을 타고르 자
신이 번역해 영문시집을 냈다. 개별 제목은 없고 작품 번호만
있다.
　이별은 고통스럽고 슬프지만, 많은 것을 생각하게 해서 삶의
단조로움을 깬다. 상상력을 넓혀 마음이 멀리까지 가도록 하
고, 전에는 없던 형상을 갖가지로 만들어낸다. 그래서 생기는
사랑과 갈망, 고통과 기쁨이 녹았다가 흘렀다가 하면 시인의
가슴 속에서 시가 생겨난다고 했다.

한용운, 〈이별은 미(美)의 창조〉

이별은 미(美)의 창조입니다.
이별의 미는 아침의 바탕 없는 황금과 밤의 올 없는 검은
　비단과 죽음 없는 영원의 생명과 시들지 않는 하늘의
　푸른 꽃에도 없습니다.
님이여, 이별이 아니면 나는 눈물에서 죽었다가 웃음에
　서 다시 살아날 수가 없습니다.
오오 이별이여.
미는 이별의 창조입니다.

　한용운은 한국 근대시인이다. 일제 강점기의 현실과 대결하
는 자세를 불교의 깨달음에서 얻어 심오한 사상을 지닌 시를
창작했다. 그 좋은 본보기인 이 시에서 얼마 되지 않은 말로
세상의 통념을 타파하고 경이로운 각성을 전했다.
　"이별은 미(美)의 창조"라고 한 제목의 두 말을 짝이 맞고 쉬
운 것으로 바꾸어 "헤어짐은 아름다움의 창조"라고 해보자. 헤
어짐이 나쁘지 않고 좋다고, 헤어짐이 아름다움과 등가이고
서로 창조하는 관계라는 것을 들어 말했다. 아름다움은 좋다
는 것의 으뜸이다.
　제1행에서는 헤어짐은 아름다움이 창조한다고 하고, 제5행에서
는 아름다움은 헤어짐이 창조한다고 한 것이 호응된다. "창조"는
"만들어낸다"고 말을 바꾸고 어순을 조절해 보았다. 아름다움이
헤어짐을 만들어내고, 헤어짐이 아름다움을 만들어낸다고 했다.
　제2행에서는 헤어짐의 아름다움은 "아침의 바탕 없는 황금",
"밤의 올 없는 검은 비단", "죽음 없는 영원의 생명", "시들지
않는 하늘의 푸른 꽃에도" 없다고 했다. 열거한 것들은 모두
얼핏 들으면 예사롭지 않은 매혹을 지녀 마음을 끌겠지만 있을
수 없다고 할 만큼 헛되다. 헤어짐의 아름다움을 그 자체로 대
단하다고 여겨 기리고 섬기지는 말아야 한다고 했다. 헤어짐
자체를 아름답게 여겨 바치는 수많은 노래에서 하는 말과는 다

른 말을 하겠다고 했다.

제3행에서는 헤어지지 않으면 "나는 눈물에서 죽었다가 웃음에서 다시 살아날 수가 없습니다"라고 했다. 헤어지는 것은 "눈물에서 죽"는 과정이다. 그 과정을 거쳐야 "웃음에서 살아"나는 비약을 이룩할 수 있다. 이것은 추구해야 할 아름다움이다. 앞뒤의 말을 연결시켜 주어진 상태에서 벗어나 헤어지는 슬픔을 거쳐야 한 차원 높은 아름다움을 성취할 수 있다고 했다. 헤어짐을 받아들이지 않으려고 눈물을 흘리면서 매달리면 아름다움을 이룩하는 비약을 창조적 성과로 삼을 수 없다고 했다.

제19장
이별을 넘어서는 자세

던John Donne, 〈고별: 애도 금지 A Valediction: Forbidding Mourning〉

As virtuous men pass mildly away,
And whisper to their souls to go,
Whilst some of their sad friends do say
The breath goes now, and some say, no:

So let us melt, and make no noise,
No tear—floods, nor sigh—tempests move;
'Twere profanation of our joys
To tell the laity our love.

Moving of th' earth brings harms and fears,
Men reckon what it did, and meant;
But trepidation of the spheres,
Though greater far, is innocent.

Dull sublunary lovers' love
(Whose soul is sense) cannot admit
Absence, because it doth remove
Those things which elemented it.

But we by a love so much refined,
That our selves know not what it is,
Inter—assured of the mind,
Care less, eyes, lips, and hands to miss.

Our two souls therefore, which are one,
Though I must go, endure not yet
A breach, but an expansion,
Like gold to airy thinness beat.

If they be two, they are two so

As stiff twin compasses are two;
Thy soul, the fixed foot, makes no show
To move, but doth, if the other do.

And though it in the center sit,
Yet when the other far doth roam,
It leans and hearkens after it,
And grows erect, as that comes home.

Such wilt thou be to me, who must,
Like th' other foot, obliquely run;
Thy firmness makes my circle just,
And makes me end where I begun.

고귀한 사람들은 평온하게 사라지며,
자기의 영혼에게 가자고 속삭이고,
그러는 동안에 슬퍼하고 있는 벗들이
숨이 넘어갔다고도 아니라고도 하듯이,

우리는 사라지면서 소리를 내지 말자.
눈물의 홍수도, 한숨의 폭풍도 없애자.
우리의 기쁨을 모독하는 짓이다,
속인들에게 우리의 사랑을 말하는 것은.

지구의 동요는 재해와 공포를 초래해,
어떤 일인지, 무엇을 뜻하는지 헤아린다.
그러나 천구(天球)에서 생기는 진율은
훨씬 크지만 해로움이 없다.

우둔하고 세속적인 연인들의 사랑은
(핵심이 감각이므로) 없음을
용납하지 못한다. 없음은

사랑을 구성한 것들을 지우기 때문이다.

그러나 우리의 사랑은 품격이 높아,
우리는 부재가 무엇인지 모른다.
마음을 서로 분명하게 하고 있어
눈, 입술, 손이 없어도 염려하지 않는다.

우리의 영혼은 둘이 하나이므로,
내가 떠나지 않을 수 없어도
그것은 단절이 아니고 확장이다,
금을 공기처럼 얇게 편 것처럼.

우리가 둘이라고 하면 둘이다.
컴퍼스의 두 다리처럼 둘이다.
너의 영혼은 고정된 다리이지만
다른 쪽이 움직이면 따라 움직인다.

너의 다리는 중심에 서 있지만,
다른 쪽이 멀리 돌아다니면
그리고 기울어지고, 귀 기울이다가,
그 쪽이 돌아오면 곧게 일어선다.

너는 내게 이런 존재여서,
나는 다른 다리처럼 비스듬히 달리지만,
네가 확고해 원을 바르게 그리고
출발한 곳으로 되돌아오게 한다.

던은 17세기 영국 시인이다. 외국 여행을 떠나면서 아내에게 지어 주었다는 이 시가 형이상학적 시인들(metaphysical poets)의 시풍을 잘 보여주는 대표작이라고 한다. 고귀한 사랑을 하는 사람들은 이별을 해도 서러워하지 않고, 멀리 떠나 있어도 서로 신뢰한다고 하는 것이 말하고자 한 요지이다. 신분이 고귀한 귀족들에게 박해를 받고 살면서, 정신적으로는 대등해지고 싶어 고귀한 사랑을 한다고 하고, 표현의 격조를 높였다. 표현의 격조를 높이는 방법은 비교나 비유를 적절하게 사용하는 것이다.

제1·2연에서는 같은 것을 비교했다. 고귀한 사람은 평온하게 숨을 거두듯이, 고귀한 사랑을 하는 사람들은 멀어져도 소리를 내지 말자고 했다. 제4·5연에서는 다른 것을 비교했다. 세속적인 사랑은 용납하지 않는 없음을 고귀한 사랑에서는 받아들인다고 했다. 제3연에서는 지구의 변동과 먼 천구의 변동이 다른 것을 들어 세속적 사랑과 고귀한 사랑의 차이를 말하는 비유로 삼았다. 제6연에서는 금을 두드려 확장하는 것을 들어 고귀한 사랑에서는 이별이 단절이 아니고 확장임을 말하는 비유로 삼았다. 제7연에서 제9연까지는 기하학 작도에 쓰는 컴퍼스의 두 다리를 들어 고귀한 사랑을 하는 사람들은 이별을 해도 함께 움직인다고 말하는 비유를 마련했다.

이 시는 이별의 고통을 두 가지 방법으로 극복하려고 했다. 이별을 해도 애통해 하지 않는 것이 고귀한 사랑이라고 했다. 이별을 두고 탄식하는 말을 하지 않고, 잘 계산된 비교나 비유를 사용해 시상을 차분하게 전개했다. 그렇게 해서 정신적 귀족의 시를 쓴 것이 형이상학 시파의 특징이다.

라마르틴느Alphonse de Lamartine, 〈**호수**Le lac〉

Ainsi, toujours poussés vers de nouveaux rivages,
Dans la nuit éternelle emportés sans retour,
Ne pourrons-nous jamais sur l'océan des âges
Jeter l'ancre un seul jour ?

Ô lac! l'année à peine a fini sa carrière,
Et près des flots chéris qu'elle devait revoir,
Regarde! je viens seul m'asseoir sur cette pierre
Où tu la vis s'asseoir!

Tu mugissais ainsi sous ces roches profondes,
Ainsi tu te brisais sur leurs flancs déchirés,
Ainsi le vent jetait l'écume de tes ondes
Sur ses pieds adorés.

Un soir, t'en souvient—il ? nous voguions en silence ;
On n'entendait au loin, sur l'onde et sous les cieux,
Que le bruit des rameurs qui frappaient en cadence
Tes flots harmonieux.

Tout à coup des accents inconnus à la terre
Du rivage charmé frappèrent les échos ;
Le flot fut attentif, et la voix qui m'est chère
Laissa tomber ces mots :

"Ô temps! suspends ton vol, et vous, heures propices!
Suspendez votre cours :
Laissez—nous savourer les rapides délices
Des plus beaux de nos jours!"

"Assez de malheureux ici—bas vous implorent,
Coulez, coulez pour eux ;
Prenez avec leurs jours les soins qui les dévorent ;
Oubliez les heureux."

"Mais je demande en vain quelques moments encore,
Le temps m'échappe et fuit ;
Je dis à cette nuit : Sois plus lente ; et l'aurore
Va dissiper la nuit."

"Aimons donc, aimons donc ! de l'heure fugitive,
Hâtons−nous, jouissons!
L'homme n'a point de port, le temps n'a point de rive ;
Il coule, et nous passons!"

Temps jaloux, se peut−il que ces moments d'ivresse,
Où l'amour à longs flots nous verse le bonheur,
S'envolent loin de nous de la même vitesse
Que les jours de malheur ?

Eh quoi! n'en pourrons−nous fixer au moins la trace ?
Quoi! passés pour jamais! quoi! tout entiers perdus!
Ce temps qui les donna, ce temps qui les efface,
Ne nous les rendra plus!

Éternité, néant, passé, sombres abîmes,
Que faites−vous des jours que vous engloutissez ?
Parlez : nous rendrez−vous ces extases sublimes
Que vous nous ravissez ?

Ô lac! rochers muets! grottes! forêt obscure!
Vous, que le temps épargne ou qu'il peut rajeunir,
Gardez de cette nuit, gardez, belle nature,
Au moins le souvenir!

Qu'il soit dans ton repos, qu'il soit dans tes orages,
Beau lac, et dans l'aspect de tes riants coteaux,
Et dans ces noirs sapins, et dans ces rocs sauvages
Qui pendent sur tes eaux.

Qu'il soit dans le zéphyr qui frémit et qui passe,
Dans les bruits de tes bords par tes bords répétés,
Dans l'astre au front d'argent qui blanchit ta surface
De ses molles clartés.

Que le vent qui gémit, le roseau qui soupire,
Que les parfums légers de ton air embaumé,
Que tout ce qu'on entend, l'on voit ou l'on respire,
Tout dise : Ils ont aimé!

이렇게 언제나 새로운 기슭으로 밀리며,
영원한 밤으로 실려가 되돌아오지 못하는
이 세월의 바다에 단 하루만이라도
우리가 닻을 내릴 수 없을까?

오 호수여! 한 해가 겨우 지났는데,
그 여자가 다시 보아야 할 정다운 물가에,
보라! 나는 이 돌 위에 홀로 앉았다.
그 여자가 앉은 걸 네가 본 돌에.

깊은 바위 밑에서 너는 이렇게 울부짖고,
찢어진 바위 허리에서 이렇게 부서졌지.
바람이 너의 물결을 이렇게 내던졌지,
그 여자의 아름다운 발에.

어느 저녁, 기억하지, 우린 조용히 노를 저었다.
멀리 물결 위 하늘 아래 들리는 것은
박자를 맞추어 노를 저으며 치는 소리
너의 조화로운 물결을.

갑자기 이 세상에는 알려지지 않은 목소리가
마술에 걸린 기슭에서 들려와 메아리쳤다.
물결도 듣고 있는데, 내게 정다운 어조로
이런 말을 들려주었다.

"오 시간이여, 날아가기를 멈추어라,

행복한 순간이여 달리기를 멈추어라.
우리 생애에서 가장 좋은 날의
즐거움을 누리게 해다오."

"이 세상 수많은 불행한 사람들이 바라니
흘러가거라, 흘러가거라 그들을 위해.
그들의 나날과 함께 괴롭히는 근심도 앗아가고,
행복한 사람들은 잊어라."

"그러나 몇 분을 더 요구하는 것도 헛되게
시간은 나를 비켜 달아났다.
나는 이 밤에게 천천히 가라고 말하는데,
새벽이 밤을 흩어지게 하려고 한다."

"그러니 사랑하자, 사랑하자 달아나는 시간을
우리는 서두르자 즐기자,
인간에는 항구가 없고, 시간에는 기슭이 없다.
시간은 흐르고 우리는 지나간다."

질투하는 시간이여, 고조된 사랑이
행복을 가져다 준 이 도취의 순간도
같은 속도로 멀어져 사라지는가?
불행한 사람들의 나날과.

뭐라고! 도취의 순간 흔적도 남길 수 없다고?
뭐 영원히 사라졌다고, 뭐 모두 잃어버렸다고?
시간이 주고는 시간이 없애버려
되돌릴 수 없다고?

영원, 허무, 과거, 어두운 심연

너희가 삼킨 나날로 무엇을 하려는가?
말하라, 숭고한 황홀을 우리에게 되돌려주려느냐,
우리에게서 앗아간 것을?

호수여! 말없는 바위여! 동굴이여! 어두운 숲이여!
시간이 남겨두고 다시 젊어질 수 있는 그대들이
이 밤을 간직하라, 아름다운 자연을 간직하라,
추억이라도 간직하라.

너의 휴식에라도, 너의 폭풍에라도
아름다운 호수여, 너의 미소짓는 언덕에라도
이 검은 전나무에라도, 거친 바위에라도
호수 위에 돌출해 있는.

살랑거리면서 지나가는 미풍에라도
이 기슭, 저 기슭에서 되풀이되는 소리에라도
이마가 은빛인 별, 너의 표면을 희게 하는
부드러운 빛에도.

흐느끼는 바람, 한숨짓는 갈대,
네 감미로운 공기의 가벼운 향기,
듣고 보고 냄새 맡는 것이
모두 말한다. "그들은 사랑했다."

라마르틴느는 프랑스 낭만주의 시인이다. 이 시에서 사랑하는 여인과 만나던 현장 호수를 찾아 지난날을 회고했다. 사라진 사랑을 되살릴 대책을 작품 전반에서 흘러간 시간에서 찾고자 하는 불가능한 시도를 거듭 하다가, 후반에서는 남아 있는 공간에서 찾는 쪽으로 방향을 돌렸다. 시간에 대해서 다각적인 고찰을 하고, 시간에서 공간으로 이행했다.

제1연에서는 시간의 흐름을 멈출 수 없을까 하고 물었다. 제

2연에서는 사랑하던 여자가 없는 것을 확인하고, 제3연에서는 과거로 돌아가, 제4연에서는 사랑의 현장 하나를 재현했다. 여기까지는 서두이다.

제5연에서는 사랑을 하고 있을 때 하고 싶던 말을 되새겼다. 제6연에서는 행복한 시간은 흘러가지 말고 멈추라고 했다. 제7연에서는 불행한 사람들을 위해서는 시간이 흘러가라고 했다. 제8연에서는 시간은 자기 요구를 들어주지 않고 빨리 간다고 말했다. 제9연에서는 달아나는 시간을 사랑하자고 했다. 이렇게 생각하던 것이 모두 과거가 되었다.

제10연에서는 행복한 시간도 불행한 시간과 같은 속도로 흐르는지 다시 물었다. 제11연에서는 행복한 시간이 사라져 되돌릴 수 없다고 했다. 제12연에서는 시간이 빼앗아간 것을 되돌려주려는가 하고 물었다. 시간에서는 해결책을 찾을 수 없다는 것을 확인했다.

제13연에서는 시간에서 공간으로 방향을 바꾸어, 공간이 추억을 간직하라고 말했다. 제14연부터 제16연까지에서는 호수와 그 주변의 경치를 자세하게 묘사하고, 그것들이 사랑의 기억을 간직한다고 했다. 시간에서 찾지 못한 해결책을 공간에서 찾았다.

이 시는 시간에 관한 말을 많이 하면서, 시간의 문제를 심각하게 다루었다. 사람은 시간을 멈출 수 없고, 시간 앞에서는 무력하다고 했다. 시간과 싸우는 사람을 도와줄 수 있는 것은 공간이라고 말했다. 시간과 더불어 사라진 사랑의 자취를 호수와 그 주변의 자연물로 구성된 공간이 간직하고 있어 위안을 받는다고 했다. 그래서 작품 이름을 〈호수〉라고 일컬었다.

헤세 Hermann Hesse, 〈**단계** Stufen〉

Wie jede Blüte welkt und jede Jugend
Dem Alter weicht, blüht jede Lebensstufe,

Blüht jede Weisheit auch und jede Tugend
Zu ihrer Zeit und darf nicht ewig dauern.
Es muß das Herz bei jedem Lebensrufe
Bereit zum Abschied sein und Neubeginne,
Um sich in Tapferkeit und ohne Trauern
In andre, neue Bindungen zu geben.
Und jedem Anfang wohnt ein Zauber inne,
Der uns beschützt und der uns hilft, zu leben.

Wir sollen heiter Raum um Raum durchschreiten,
An keinem wie an einer Heimat hängen,
Der Weltgeist will nicht fesseln uns und engen,
Er will uns Stuf' um Stufe heben, weiten.
Kaum sind wir heimisch einem Lebenskreise
Und traulich eingewohnt, so droht Erschlaffen,
Nur wer bereit zu Aufbruch ist und Reise,
Mag lähmender Gewöhnung sich entraffen.

Es wird vielleicht auch noch die Todesstunde
Uns neuen Räumen jung entgegen senden,
Des Lebens Ruf an uns wird niemals enden...
Wohlan denn, Herz, nimm Abschied und gesunde!

꽃은 모두 시들고,
청춘이 모두 노년으로 물러나듯이,
모든 삶의 단계, 모든 지혜, 모든 미덕도
때가 되면 피어나고 영원하지는 못한다.
마음은 삶의 부름이 있을 때마다
이별하고 재출발할 준비를 해야 한다.
용감하게 눈물은 흘리지 않고
달라지고 새로운 관계에 들어서야 한다.
모든 시작에는 어떤 마법이 깃들어 있어
우리를 지켜주고 우리가 살게 도와준다.

우리는 이 공간 저 공간 즐겁게 통과하고,
어디서도 고향이라고 매달리지 말아야 한다.
세계정신은 우리를 속박하고 제한하지 않고,
우리를 한 단계 한 단계 높이고 넓히려 한다.
우리가 어떤 생활환경에 정이 들어
기분 좋게 눌러 살면, 무기력이 으르댄다.
출발과 여행을 준비하고 있는 사람이라야
습관의 마비작용에서 벗어날 수 있다.

죽음의 순간마저 아마도 우리를
새롭고 신선한 공간으로 보내줄지 모른다.
우리를 향한 생명의 부름은 끝이 없다...
자, 마음이여, 이별을 받아들이고 건강하자!

　헤세는 독일 현대 작가이다. 소설가로 널리 알려져 있지만, 시를 더욱 소중하게 여겼다. 많은 시를 남긴 가운데 특히 힘들여 써서 대표작으로 평가되는 것이 이것이다. 이별의 문제를 심각하게 다루어 자기 소견을 제시했다. 제3연의 마지막에서 "이별을 받아들이고 건강하자"는 것이 하고 싶은 말이어서 그 이유를 밝히려고 앞에다 긴 사설을 펼쳤다.

　제1연에서는 사람은 생애의 한 단계가 끝나면 다음 단계로 들어서는 것이 당연하다고 했다. 제2연에서는 한 단계에 머무르면 무기력이 으르대니 떠나야 한다고 했다. 이런 말이 타당하다고 하려고 경험할 수 있는 영역 이상의 것을 가져왔다. 제1연에서는 "어떤 마법"이 모든 시작을 도와준다고 했다. 제2연에서는 "세계정신"이 한 단계 높이고 넓히는 작용을 한다고 해서 범속한 발상을 비범하게 만들었다. 그 때문에 제3연에서 죽음마저 "새롭고 신선한 공간"으로의 이동이어서 "생명의 부름"일 수 있다고 한 말이 무리가 아닌 것으로 보이도록 했다.

　라마르틴느, 〈호수〉에서 시간의 흐름이 인간에게 이별의 슬픔을 가져다준다고 원망했다. 헤세는 여기서 시간의 흐름은 당연하다고 하고, 시간의 흐름을 따르면 이별을 한다고 해도 슬픔이 없다고 했다. 라마르틴느는 시간과 공간을 대립시켜, 시간이 주는 공간에서 얻는 위안으로 해결하겠다고 했다. 헤세는 여기서 공간은 독립되지 않고 시간의 흐름 속에 들어 있다고 여겨 따로 언급하지 않다가 죽음이 "새롭고 신선한 공간"이라고 한 데서 비로소 정면에 내놓았다. 이것은 죽음이 삶의 또 한 단계임을 말하려고 마련한 표현이고 공간에 의미를 부여한 것은 아니다.

던, 〈고별: 애도 금지〉와는 어떻게 같고 다른가? 그 작품은 관심이 오직 사람 사이의 관계에만 있고 시간도 공간도 문제로 삼지 않았다. 두 사람의 이별을 시간의 순서에 따라 말하지 않고, 현재에서 미래를 상상하기만 했다. 공간은 두 사람의 관계를 말하는 비유로 사용하기만 하고 그 자체로 의미가 없다. 이별은 사람 마음에 관한 사항이라고 해서 생각의 범위를 좁혔다. 그런데 이별을 라마르틴느는 시간과 공간의 문제로, 헤세는 시간의 문제로 고찰하면서 인간 존재에 대한 광범위한 논의를 했다.

한용운, 〈님의 침묵〉

님은 갔습니다. 아아, 사랑하는 나의 님은 갔습니다.
푸른 산빛을 깨치고 단풍나무 숲을 향하야 난 적은 길을
　걸어서 차마 떨치고 갔습니다.
황금의 꽃같이 굴고 빛나든 옛 맹서는 차디찬 티끌이 되
　어서, 한숨의 미풍에 날아갔습니다.
날카로운 첫 키쓰의 추억은 나의 운명의 지침을 돌려놓
　고, 뒷걸음쳐서 사라졌습니다.
나는 향기로운 님의 말소리에 귀먹고, 꽃다운 님의 얼굴

에 눈멀었습니다.

사랑도 사람의 일이라, 만날 때에 미리 떠날 것을 염려하
고 경계하지 아니한 것은 아니지만, 이별은 뜻밖의 일
이 되고 놀란 가슴은 새로운 슬픔에 터집니다.

그러나 이별을 쓸데없는 눈물의 원천을 만들고 마는 것
은 스스로 사랑을 깨치는 것인 줄 아는 까닭에, 걷잡을
수 없는 슬픔의 힘을 옮겨서 새 희망의 정수박이에 들어
부었습니다.

우리는 만날 때에 떠날 것을 염려하는 것과 같이, 떠날
때에 다시 만날 것을 믿습니다.

아아, 님은 갔지마는 나는 님을 보내지 아니하였습니다.
제 곡조를 못 이기는 사랑의 노래는 님의 침묵을 휩싸고
돕니다.

한용운의 이 시는 모두 열 줄이다. 제1행에서 제10행까지의
상관관계를 살펴야 하는 작품이다. 님이 갔다고 하는 과거형
과 님이 아직 있다고 하는 현재형이 교체된다. 제1행에서 제5
행까지의 전반부는 모두 과거형으로 끝났다. 제6행부터 제10
행까지의 후반부는 제6행 현재형, 제7행 과거형, 제8행 현재
형, 제9행 과거형, 제10행 현재형으로 끝나 둘이 교체된다.

이 점을 위의 세 작품과 견주어보자. 던, 〈고별: 애도 금지〉
는 현재형의 연속이다. 라마르틴느, 〈호수〉는 현재형으로 진
행되면서, 회상을 위한 과거형을, 희망을 위한 미래형을 곁들
였다. 헤세, 〈단계〉도 현재형의 연속이면서 미래에 관한 말을
넣었다. 이런 사실을 왜 이제 말하는가? 세 작품은 시제를 의
식하고 읽을 필요가 없어서 말하지 않았다. 한용운, 〈님의 침
묵〉과 비교하려고 시제가 어떤지 다시 보았다.

이별은 시간의 경과와 함께 생기는 일이다. 〈호수〉는 과거와
현재의 차이를 심각하게 문제삼고, 〈단계〉는 시간의 흐름에
대해서 말하는 것을 주제로 삼았다. 유럽의 언어는 시제를 명

확하게 하는 것이 특징이다. 그런데도 세 작품에서는 시제가 작품의 구조를 이루지 못하고 있다. 해설자 노릇을 하는 시인이 독자에게 이별에 관해 시간의 경과와 관련시켜 설명하는 데 그쳤다. 우리말은 유럽의 언어처럼 시제가 명확하지 않지만, 〈님의 침묵〉은 시제의 교체를 기본 구조로 삼고 있다.

〈고별: 애도 금지〉에서 되풀이되어 나타나는 "we"(우리)는 이별의 당사자이면서 이별에 대해서 말하는 해설자이다. 〈호수〉의 "je"(나)는 이별의 당사자 노릇을 하다가 해설자이기도 하려고 어디선가 들려왔다는 소리가 한 말을 길게 삽입하는 방식으로 분신술을 썼다. 〈단계〉의 "wir"(우리)는 이별의 당사자인 척하기만 하고 해설자 노릇을 부지런히 하면서 대단한 이치를 설파하는 거동을 보였다. 〈님의 침묵〉에 등장하는 "나"는 이별의 당사자이기만 하다. 이별의 당사자가 하는 말이 긴박하게 전개되어 해설자가 끼어들 틈이 없다.

과거형과 현재형이 같은 양상으로 지속되지 않고 뜻하는 바가 단계적으로 변했다. 과거형은 제1행의 "님은 갔습니다"에서 시작해 제2행의 "떨치고 갔습니다", 제3행의 "날아갔습니다" 제4행의 "사라졌습니다"로 나아가면서 님이 없어진 정도가 더 심해졌다. 그런데 제5행 "님의 얼굴에 눈멀었습니다"에서는 과거가 현재까지 지속되어 현재형으로 전환될 준비를 했다. 제7행의 "슬픔의 힘을 옮겨서 새 희망의 정수박이에 들어부었습니다"에서 제9행의 "나는 님을 보내지 아니 하였습니다"로 나아가면서 과거형이 과거를 부정하고 의미에서는 현재형이 되었다.

현재형이 시작되는 제6행 "놀란 가슴은 새로운 슬픔에 터집니다"는 의미에서 과거이다. 제8행 "다시 만날 것을 믿습니다"에서 제10행 "제 곡조를 못 이기는 사랑의 노래는 님의 침묵을 휩싸고 돕니다"로 나아가면서 현재형이 현재를 나타내는 의미를 지니고 미래를 암시했다. 다시 만나리라는 미래를 먼저 말하고, 님이 침묵하고 있어 어젠가는 침묵을 깰 것이라고 기대하게 했다. "님의 침묵"에서 과거와 현재, 실망과 기대, 이별과 재회가 하나로 합쳐졌다. 이것이 결론이므로 시 제목을 〈님의 침묵〉이라고 했다.

그래서 무엇을 말했는가? 시는 산문이 아니지만, 산문처럼 쓴 위의 세 편과 비교해 고찰하지 않을 수 없다. 〈고별: 애도 금지〉에서는 사랑의 등급을 나누어 이별을 한탄하는 것은 저급한 사랑이고, 고귀한 사랑을 하는 사람들은 이별을 당연하다고 받아들이고 다시 만날 것을 믿는다고 했다. 〈님의 침묵〉에서는 사랑이나 이별에 등급이 없다. 이별을 당하면 한탄하는 것은 당연하다고 하고, 한탄을 기대로 바꾸어 재회를 기대하자고 했다. 과거와 현재, 실망과 기대, 이별과 재회가 "님의 침묵"에서 하나로 합쳐진다고 했다.

〈호수〉에서는 지난날의 사랑과 함께 사라져버리는 시간에 실망하고 사랑의 흔적이 남아 있는 공간에서 위안을 얻는다고 하면서 호수와 그 주변의 풍경을 묘사했다. 〈님의 침묵〉에서는 풍경이 제2행 "푸른 산빛을 깨치고 단풍나무 숲을 향하야 난 적은 길을 걸어서"에서는 직접 나타나더니 제3행 "황금의 꽃같이 굳고 빛나든 옛 맹서는 차디찬 티끌이 되어서, 한숨의 미풍에 날아갔습니다"에서는 비유로 쓰이고, 제5행 "향기로운 님의 말소리에 귀먹고, 꽃다운 님의 얼굴에 눈멀었습니다"에서는 냄새만 남겼다. 공간이 흐릿해지다가 사라지면서 홀로 남은 시간과 대결해 과거가 현재라고 하는 데 이르렀다. 이별이 이루어진 과거의 공간이 내면의식이 소중한 현재에서는 문제되지 않는다고 여겨 지워버렸다.

〈단계〉는 공간은 버리고 시간만 집중해 다루고, 시간이 흐르면 이별의 고통은 없어진다고 설명했다. 〈님의 침묵〉에서는 시간의 진행에 따라 작품을 구성해 과거와 현재의 관계를 문제삼다가 과거가 현재이고 또한 미래라고 하는 데 이르렀다. 님이 떠나가 이별한 과거가 보내지 않은 님이 침묵하고 있는 현재로 이어지고, 침묵은 깰 수 있으므로 현재에 미래가 준비되어 있다.

사람이 살면 이별을 하게 마련이다. 이별에 관한 시가 많은 것이 당연하다. 그런데 이별을 고통스럽게 여기기나 하면 격조 높은 시일 수 없고 무언가 다른 말을 해야 한다. 이별이 이별로 끝나지 않으므로 고통에서 벗어날 수 있다는 지론을 그럴듯하게 전개해야 사상을 갖춘 시라고 할 수 있다. 이렇게 하는데 몇 가지 방안이 있는 것을 위에서 든 작품들에서 확인했다.

이별에는 저속한 이별과 고귀한 이별이 있어, 저속한 이별은 파탄으로 끝나지만 고귀한 이별은 재회로 이어진다고 하는 것이 한 방안이다. 던은 〈고별: 애도 금지〉에서 이렇게 했다. 이별을 바람직하게 하는 자세를 대응이 되는 사물에다 견주어 적절하게 나타내, 시 창작의 수준을 고귀함의 증거로 삼으려고 했다.

다른 세 작품에서는 생각을 더 깊게 했다. 시를 잘 쓰면 되는 것이 아니고, 이별에 관한 논의를 갖추어야 한다. 이별이 있는 것은 사람이 시간과 공간에서 살고 있기 때문이다. 같이 있어야 할 동반자와 존재하는 공간이 달라지고 시간이 경과한 것이 이별이다. 이별을 그 자체로 논의하는 데 그치는 단순한 사고방식을 버리고 시간과 공간을 문제 삼아야 한다.

이런 생각을 함께 하면서 세 작품이 세 가지 해결 방안을 내놓았다. 시간은 지나가고 없지만 공간은 남아 있다. 이별 이전의 상태를 공간에서 확인하면 고통에서 벗어날 수 있다. 라마르틴느는 〈호수〉에서는 이렇게 말했다. 시간이 흘러가는 것은 당연하므로 이별하지 않기를 바라지 말아야 한다. 인생의 단계가 달라지면 새로운 공간이 열릴 수 있다. 헤세는 〈단계〉에서 이렇게 말했다. 공간에서 거리가 생긴 과거의 이별이 현재의 마음가짐에서 달라진다. 한용운은 〈님의 침묵〉에서 이렇게 말했다. 공간에 대한 집착을 버리고 없음을 침묵으로 여기면 과거가 현재이고 미래를 내포한다.

한용운의 발상은 시 자체에 적절한 구조와 효과적인 표현을 갖추고 제시되어 있어 설명을 추가할 필요가 없다. 그러나 없음을 침묵으로 여기면 과거가 현재이고 미래를 내포한다는 것은 다시 생각하면 말이 되지 않는 말이다. 말이 되지 않는 말이 타당하다고 한 것이 시가 예사롭지 않은 증거이다. 〈고별: 애도 금지〉는 비유를, 〈호수〉는 묘사를, 〈단계〉는 논리를 특징으로 삼았다. 이 시는 그런 특징이 없으면서 어느 부분이 아닌 작품 전체가 비유이고, 묘사이고, 논리를 넘어선 논리이다.

사랑하는 사람과의 이별을 생생하게 그린 것은 있음과 없음의 관계를 납득하기 쉽게 나타내기 위해 선택한 비유이고 묘사라고 할 수 있다. 그렇게 해서 있음이 없음이고 없음이 있음임을 알려주어 논리를 넘어선 논리에 이르렀다. 이렇게 생각하면 '一切唯心造'이고 '眞空妙有'라고 하는 말을 기억해내지 않을 수 없다. 님이 갔다고 하는 것도, 님을 보내지 않았다고 하는 것도 '一切唯心造'이다. 님이 침묵하고 있다는 것은 '眞空妙有'이다.

님은 갔어도 보내지 않았으며 침묵하고 있다는 것은 진실을 나타내기 위해 탁월하게 선택한 비유이고 묘사이다. 진실을 감추어두고 찾지 않아도 깨닫게 한다. 진실을 깨닫기만 하면 되는 것은 아니다. 님이 간 것을 통탄하게 여기면서 보내지 않았다고 하는 마음을 확인하고 침묵은 깰 수 있다는 기대를 가져 현실의 수난에 대처하고 해결 가능성을 찾게 한다. 이런 의미에서는 님을 조국, 정의, 이상 등으로 의미를 확장시키거나 구체화해서 생각할 수 있다.